SCOTTEN
Gentjänsten
En deckare av Mats Gustafsson

Förlag: BoD – Books on Demand, Stockholm, Sverige
Tryck: BoD – Books on Demand, Norderstedt, Tyskland
ISBN: 978-91-7785-507-1

Innehållsförteckning

Förord

Tack till er som gjort den här boken möjlig.
Susanne Gustafsson, Ellinor och Kevin Ek som bidragit med goda råd och coaching samt Sandra och Magnus Junhammar som hjälpt till med upplägg och framtagning till tryck på förlag, vilket resulterat i att boken blev av.

Deckaren du håller i din hand är skriven av mig, Mats Gustafsson.
Namn och karaktärer som finns med i boken är produkter av min fantasi och används i ett påhittat sammanhang. Varje eventuell likhet med verkliga personer, levande eller döda, är en ren tillfällighet.

Boken "SCOTTEN GENTJÄNSTEN" är den sista boken i trilogin om Oskar Scott. Den är en fortsättning på "SCOTTEN AKTERSEGLAD" (nummer ett) och "SCOTTEN DEN VITA LÖGNEN" (nummer två). Den här andra trilogin bygger tidsmässigt vidare på handlingen som utspelade sig i den första. Den bestod av "SCOTT 20SEXTON", "SCOTT PÅ HOTEL BOHEMIA" samt "SCOTT EFTERDYNINGEN".
Att läsa dem fristående går också bra.
Utöver ovanstående böcker har jag som författare skrivit boken "GLAPP I RATTHÅLLAREN!"

Jag hoppas att du finner god behållning av boken!

1

Kapitel 1

Assar försökte så mycket han kunde med att få klarhet i vad som verkligen hade hänt. Hela tiden stördes dock tankeverksamheten av smärtan i höger axel, som sade honom att något i den med all säkerhet var krossat eller brutet. Som om inte det var nog, värkte skallen frenetiskt som efter ett mycket hårt slag. Av någon anledning befann han sig bakom ratten i sin vita van, som för tillfället var inkörd på en ägoväg utanför civilisationen. Hur han hamnat där var inget han hade den blekaste aning om, i alla fall inte i nuläget. Med så mycket kraft som han kunde anbringa, stålsatte Assar sig själv att ta blicken till innerbackspegeln för att på så sätt se vad som orsakade huvudvärken.

-Shit vad jag ser ut! utbrast han för sig själv när han fick se hur illa det var. På grund av att ett sår i högra delen av skallen läckte blod som rann ner i ena ögat, så kunde han bara se klart med det andra. Det var dock fullt tillräckligt för att han skulle inse att det egentligen bara var en läkare som kunde sy ihop såret, för att det någonsin skulle läka ordentligt. Något som var totalt otänkbart eftersom han var en efterlyst person som så fort han satte sin fot på ett sjukhus, oavkortat skulle hamna i polisens förvar.

Plan B bestod i att komma på någon i bekantskapskretsen som kunde hjälpa honom. Problemet var bara det, att bland hans så kallade vänner fanns ingen som besatt de kunskaperna. Återstod således bara att försöka få dit ett bandage själv och hoppas på att det inte blev infekterat.

Assar drog sig till minnes att han sett en första hjälpen kudde i vänster dörrfack och gladdes lite åt att han kom ihåg rätt när han såg den där. Varsamt böjde han sig ner för att ta fram den medan hans skadade kroppsdelar vrålade ut en smärta som han inte kunde värja sig mot, utan att tårarna började rinna.

För första gången i sitt liv ifrågasatte han sina värderingar, om det var rätt att hämnas till varje pris eller om det var dags att ge upp. Tanken på att fly från alltihop och försöka börja ett nytt liv någon annanstans kändes väldigt lockande.

Alternativet skulle bli det traditionella, att fullt ut förinta dem som kom i hans väg. Han hade gjort det så många gånger förr, men då hade han själv inte råkat så illa ut som fallet var den här gången. Det medförde att han övervägde att släppa allt och på något sätt gå vidare i livet. När han efter några fumliga försök lyckats öppna det steriliserade tryckförbandet var han tvungen att luta sig bakåt i förarstolen och sluta sina ögon. Hela tiden han hållit på, hade blodet från hans huvud droppat ner i hans knä och bara åsynen av det fick honom att bli svimfärdig. För att inte tuppa av koncentrerade han sig på att ta så djupa andetag som möjligt.

Ansträngningarna att dessutom verkligen tänka på något annat än situationen han hamnat i, var dock tyvärr helt fruktlösa. Desperationen och hopplösheten tillsammans med hans kritiska skador gjorde att han bara såg ett flimmer framför sig.

Om han svimmade av en stund visste han inte, men en stund senare kom han på sig själv med att han var i full färd med att förbinda sitt sår. Varje gång han var tvungen att ta hjälp av högerhanden skar det som knivar i högeraxeln, men med riktigt mycket jävlar anamma blev han till slut färdig och kunde börja fundera på vad som skulle ske härnäst. Hur han hamnat där han var kändes mindre prioriterat och borde med ticen klarna, det var vad han antog i alla fall.

Det sista han gjorde innan han startade motorn för att avlägsna sig från platsen, var att dra upp luvan på sin tröja över huvudet. Därmed var han inte så iögonfallande som han varit med det vita bandaget runt skallen.

- - - - -

Leila hade svårt att bestämma sig för vad som var värst just för tillfället. Att som polis bli inringd för att det skett ytterligare ett rån mot den centrala uttagsautomaten när man sov som tyngst, var helt klart något man fick räkna med i yrket som hon valt. Nej, det var ett par andra saker som höll på att störa henne till vansinne. Dels var det att hon inte hunnit kissa innan hon for iväg, vilket medförde att hon snart inte kunde hålla sig. Det andra var att hennes vänsterfot klagade på att den extra iläggssulan kasat fram när hon hastigt tagit på sig skon, vilket gjorde att det nu var väldigt trångt för hennes tår. Två enkla skitsaker som inte skulle ta mer än ett par minuter att avhjälpa, men så hektiskt som det varit, hade det inte ens funnits tid till det. Hennes chef Jesper var i upplösningstillstånd och det syntes tydligt att han höll på att tappa kontrollen. I vanliga fall jobbade han lugnt och systematiskt, men nu märktes det att han inte kunde fokusera på uppgiften att göra allt för att ta upp förföljandet av rånarna.

-Nu har jag satt upp avspärrningsband och teknikerna är här för att finkamma området. Jag tycker vi åker tillbaka till stationen en kvart. Dels är det ju fler poliser här och dessutom måste jag verkligen uppsöka en toalett, sade Leila.

-Ja, det är ingen dum idè. Jag känner att jag skulle tänka betydligt bättre om jag fick i mig en balja kaffe, för det har jag inte hunnit dricka något idag, svarade Jesper.

-Vi har redan fått en del vittnesmål, men är det läge att knacka dörr när vi kommer tillbaka hit? undrade Leila.

-Visst, det bör vi göra. Bra förresten att du stöttade upp mig lite nyss. Du förstår, jag förmodar att det blir ett elände när pressen får nys om det här och vi inte har några gripna, svarade Jesper samtidigt som han räckte över bilnycklarna till Leila.

-Det är lugnt, vi jobbar i ett team som du brukar säga och du har ju täckt upp för mig flera gånger, sade Leila.

-Precis så är det. Man kan inte prestera allt perfekt jämt för det är inte mänskligt. Är man då i en väl fungerande grupp så kan många gånger någon annan rädda upp situationen, svarade Jesper.

-Tusan, jag tror aldrig att jag varit så nödig, jag måste springa till toaletten direkt! utbrast Leila när hon parkerat vid polisstationen.

-Gör du det, så trycker jag fram ett par koppar kaffe. Vill du ha det svart som vanligt? undrade hennes chef.

-Gärna, jag kommer snart, svarade Leila och rusade iväg före Jesper.

När hon först försökte tömma blåsan så kom det inget,

så Leila blev rädd för att hon hade hållit sig för länge. Efter en stund gick det dock bra och hon andades ut av lättnad.

-Jag började ögna igenom vittnesmålen och observationerna vi fått in. Med en gång kan jag säga att det här ser inte lovande ut, sade Jesper när Leila kom in i fikarummet.

-På vilket sätt är du oroad? det är ju bara de första rapporterna vi har här, undrade Leila medan hon grämde sig för att hon inte fått med sig några smörgåsar när hon rusade hemifrån några timmar tidigare.

-Vi har inga spår efter dem som sträcker sig längre än ett par hundra meter ifrån rånplatsen. Detta trots patruller på flera platser den här gången som borde mött dem när de flydde, svarade Jesper och suckade.

-Men det ska vi väl inte se som något negativt. Det kan ju faktiskt betyda att vi stört dem i deras flykt och därmed kanske de är kvar i området. Vem vet, möjligheten finns ju att de ligger och trycker någonstans tills de tror att vi gett upp sökandet efter dem, sade Leila hoppfullt.

-Jaså, du tänker så. Tja, det är ju inte helt uteslutet. Vi kanske ska gå till botten med att kontrollera varenda lägenhet och plats i närheten som de kan tänkas befinna sig på och se om det ger något resultat. Vi har ju som sagt inte så mycket annat att gå på, sade Jesper och tog en klunk kaffe.

-Jag sticker bort lite snabbt till bageriet och köper ett par färdiga smörgåsar, för jag har inte hunnit äta någon frukost idag. Ska jag köpa med något till dig? frågade Leila.

6

-Köp en bulle till mig om du ändå ska gå. Vi får ta en tidig lunch idag tror jag och tills dess behöver jag inte äta mer, svarade Jesper.

-Visst, ropade Leila som redan var på väg ut genom dörren. Omedelbart påmindes hon om att hon glömt fixa till innersulan i skon och retade sig på att hon inte tänkt på det när hon satt i fikarummet. Hon lovade sig själv att rätta till det innan hon lämnade bageriet, som bara låg femtio meter från stationen.

-Godmorgon! sade en person som var på väg ut från bageriet och höll upp dörren för Leila.

-Morrn! svarade hon och nickade tacksamt åt mannens hjälpsamhet. Precis innanför dörren såg hon att det var fyra före henne som ville handla, så hon satte sig på en pall för att invänta sin tur och samtidigt passa på att ordna sulan i skon.

Plötsligt slog det henne att hon känt igen mannen som hållit upp dörren för henne nyss och genast fick hon onda aningar om var det var någonstans. Ögonen kände hon igen från mannen som hotat henne med en kniv när hon och en flicka vid namn Esther kidnappats vid det förra rånet!

Sekunden senare drog hon åt skosnöret hårt och slet upp dörren för att rusa efter honom! Systematiskt sökte hon av trottoaren åt båda hållen utan att upptäcka mannen. Hennes intuition sade henne att hon borde satsa på att han rört sig närmare in mot centrum, vilket gjorde att hon sprang däråt. Samtidigt ropade hon på Jesper i kommunikationsradion för att be honom snabbt ordna med sökning åt andra hållet. Plötsligt fick hon syn på ryggtavlan som med stor sannolikhet tillhörde den

7

hon sökte. För att få fram sitt tjänstevapen var Leila tvungen att sänka tempot lite, men tog ändå stadigt in på mannen som gick med långa bestämda kliv.

-Skjut oss inte! skrek en tonårstjej som tillsammans med sina klasskompisar förmodligen haft sovmorgon och var på väg till skolan.

-Undan med er ifall det blir skottlossning! vrålade Leila tillbaka.

Leila hade nu bara femton meter kvar till personen som hon trodde var den som kidnappat dem. Av någon anledning vände han sig om, kanske för att han hört konversationen bakom sig, och då fick Leila syn på att det var fel person.

När Leila precis skulle anropa sin chef och berätta om sitt misstag, såg hon en liknande man en bit fram.

- - - - -

-Scotten, har du spillt rödfärg vid dörren till bakgården? sade bossen precis innan det var dags för förmiddagsrast.

-Nej, det har jag inte och förresten vet jag inte om det egentligen var färg. När en kollega kom för att hämta färdigsvarvade delar hos mig, hade han sett något som såg ut som det, när han samtidigt slängde skräp i containern utanför. Jag provade att spola bort det med högtryckstvätten och det var inga problem, för allt försvann. Om det var färg måste den varit vattenlöslig i så fall, svarade Scotten.

-Det var ju bra att det gick bort. På samma gång är det dock både märkligt och olustigt att det händer grejer här som vi inte har en aning om. Det går väl tills vi måste sätta upp övervakningskameror överallt här, sade hans chef och suckade.

-Det kan ju varit en bit plåt som rostat och blandat sig med någon skit som läckt från containern, sade Scotten och försökte se trovärdig ut. Inom sig visste han att det var Assars blod som han spolat bort. Genom att häva upp den brandsäkra ståldörren mot Assar hade avsikten varit att en gång för alla göra sig kvitt honom. Genom att pressa in tryckluft på Assar när han svimmat av på grund av skadorna från dörren, hade Scotten känt sig säker på att han lyckats döda typen som inte velat lämna honom i fred. Försöket hade dock tyvärr tydligen misslyckats, för personen var borta. Om han fått hjälp av någon därifrån eller om han lyckats ta sig väck själv, var egentligen oväsentligt. Det som betydde något var om han fortfarande var i livet och var kapabel samt villig att döda Scotten.

-Tror du det har något med hoten du fått tidigare så att vi ska låta polisen få vetskap om det? De sade nämligen att om det inträffade något utanför ramarna här som kunde ha något med dig att göra så skulle vi höra av oss, fortsatte bossen.

-Det där tror jag absolut inte vi ska belasta polisen med, vi måste ha något mer konkret att komma med. Annars är det risk för att de inte bryr sig när vi väl behöver deras hjälp, sade Scotten och lät övertygande.

-Nåväl, vi går väl på din linje den här gången. Det var bara lite synd att du var så snabb med att spola bort allting, för det kanske kunde lett fram till något som gjort att vi fått veta vad det var. Nu är det hur som helst hög tid för fika, sade chefen.

-Visst, svarade Scotten samtidigt som han kände hur

9

han kallsvettades. Det hela hade utvecklats till en riktig mardröm bara för att han tidigare vittnat om att Assar köpt ett stort parti knark. Detta var en sak han innerligt ångrade nu, när han hade facit i hand. På många sätt kände han på sig att han var betydligt mer sårbar och lättspårad än Assar var. Dels var det att hans liv var så inrutat och att han oftast befann sig på platser som var väl kända för Assar när det gällde bostad, arbetsplats och inte minst tider och färdvägar till dem. Dessutom var hans flickvän Lisa eller föräldrarna Henrik och Maria, ännu lättare mål att skada än han själv.

I fickan kramade han sin stilett som han först tänkt döda Assar med. Hade han gjort det istället för att försöka orsaka luftembolism, hade Assar vid det här laget varit historia. Tyvärr hade med all sannolikhet inte problemen varit mindre för det, snarare tvärtom. Att polisen då hade gripit honom som gärningsman var troligt med tanke på att stiletten var något som väldigt många visste att han ägde en, även bland hans ovänner. Det var också tänkbart att Assar hade någon i sin bekantskapskrets som var beredd att hämnas på honom, om Assar mördades.

Scotten funderade på om han skulle gå vidare med att låta sin bästa vän Ludvig vara med och döda Assar en gång för alla. Ludvig hade med en gång erbjudit sig till det, samtidigt som han påvisat att det fanns stora svårigheter med att lyckas med en sådan gärning och sedan gå fri från misstankar. Dessutom hade Ludvig planer på att bli polis och kom det fram att han ens varit i närheten av att planera ett så pass grovt brott, så kunde han helt klart glömma det yrkesvalet för all framtid.

Scotten kom på sig själv med att han varit så fördjupad i sina tankar, att han knappt kom ihåg att han fikat när han var tillbaka vid svarven efter pausen. Det märkligaste tyckte han ändå var, att när han satte på maskinen igen, så kom han på att han glömt sina kryckor i fikarummet. Visst värkte det en del i knäet om han belastade det för mycket, men på det hela taget så insåg han att efter allt stryk som det fått när han slängt sig ut från en skåpbil en vecka tidigare, så var det ett under att han ens lyckades ta ett steg utan kryckor. Inom sig gladde han sig åt att knäet turligt nog verkade läka snabbt och inte minst att det sällan gjorde speciellt ont längre. Med lite lagom träning som han fått tips av en sjukgymnast att göra, så hoppades han slippa alla sviter inom kort.

Efter att ha varit nära att göra sig ordentligt illa på svarven för att han slarvat med att sätta fast materialet i chucken, förstod Scotten att han måste sluta grubbla på Assar och hur han skulle oskadliggöras och istället ägna sina tankar åt sitt arbete ända tills han kom hem. Annars var risken överhängande att det hände något, tänkte Scotten och fokuserade på uppgiften.

- - - - -

Kapitel 2

Leila som fått använda sitt tjänstevapen en hel del på sistone, behövde inte längre titta på sin pistol för att kontrollera att den var osäkrad. Med vapnet draget, sprang hon med det riktat ner i marken i fall ett vådaskott skulle gå av. Genom att försöka hålla sig gömd bakom andra människor som befann sig på trottoaren försökte hon hela tiden att undgå att bli upptäckt av mannen som hon förföljde. Ju närmare hon kom, blev hon allt säkrare på att det var personen som hållit upp dörren för henne nyligen. Två valmöjligheter dök upp i hennes hjärna och hon visste först inte vilket val som var det bästa. Antingen kunde hon hålla sig en bit ifrån mannen och förfölja honom, för att se vart han tog vägen. Med stor sannolikhet var han på väg till sina kumpaner som låg och tryckte någonstans. Alternativet var att övermanna gärningsmannen snarast och på så sätt inte riskera att tappa bort honom. Det som talade för det sista, var främst att hon då bara skulle ha en person att gripa. Lyckades det kanske hon och hennes kollegor även kunde fånga medbrottslingarna, visserligen efter långa förhör men till slut kanske de skulle få honom att berätta var de höll hus. Visst hade det varit härligt för Leila att ta hela gruppen själv, vilket varit möjligt om hon fortsatt förföljandet avvaktande, men det kändes som ett alltför osäkert kort. Leila beslutade sig för att så fort som det gick att gripa mannen, inte minst beroende på att hon inte hade några fler poliser i närheten.
Plötsligt såg hon honom stanna och vända sig mot

henne! Med en orolig blick tittade han åt hennes håll precis som om han anade att han var förföljd. Det var nu mindre än tolv meter mellan dem och Leila såg att han tog fram ett vapen från en innerficka på sin jacka. När hon endast hade tio meter kvar och fritt skottfält, siktade hon med sin pistol och avlossade ett skott precis när mannen fått fram sitt vapen för att skjuta. Kulan träffade i hans vänstra lår och grimaserande av smärta gick han ner till knästående.Vid det här laget hade han lyckats få sitt pekfinger till avtryckaren, så Leila visste att om hon inte avlossade ytterligare ett skott så skulle hon bli träffad. En sak stod helt klart för Leila och det var, att han definitivt inte bara hade för avsikt att skadeskjuta henne. För att oskadliggöra personen stannade Leila snabbt och kramade hanen på sitt vapen tills det bara rörde sig om någon millimeter kvar innan nästa kula skulle avlossas. När hon noga siktat in sig på en träff i hans mage, sköt hon. I samma sekund såg hon att han böjde sig framåt, om det var för att han svimmade eller om det berodde på smärta, visste hon inte. Följden blev att kulan istället träffade i hjärtat och var direkt dödande. Människor runt omkring skrek hysteriskt medan Leila rusade fram omtumlad av vad som just hade skett. Desperat försökte hon känna om han hade någon puls medan hon med andra handen tog fram ett tryckförband som hon alltid bar på sig. Ganska snart förstod hon att hans liv redan runnit ut och att det omöjligtvis gick att rädda. I ett sista försök ropade hon på hjälp efter någon läkare eller sjukvårdskunnig, dock utan att någon gav sig till känna. Under tiden hon anropade sin chef på kommunikationsradion, sökte hon av området runt

13

omkring för att se om det fanns fler gärningsmän i närheten. Risken var överhängande att de hört skotten och förstått att deras vän var upptäckt och kanske beskjuten. Låg de och tryckte i närheten, var det inte alls osannolikt att de siktade på henne och bara väntade på att få en bättre träffyta om hon reste sig upp. För att eliminera faran för det, kröp hon ihop vid en varubil som stod parkerad alldeles intill. Till Jesper berättade hon om sina farhågor och bad dem tänka på det när de skickade dit förstärkning och ambulanspersonal.

-Lämna området för det är inte säkert att vistas här! skrek Leila till de som nyfiket samlats vid henne. Utmattad efter den traumatiska upplevelsen tittade hon ner och såg att hennes skosnöre gått upp. Förmodligen världens minsta skitsak för tillfället, ändå var det skosnöret som fastnade på näthinnan. Samtidigt hörde hon att utryckningsfordonen närmade sig. Så fort hon slöt sina ögon för att slippa se den döda kroppen intill sig märkte hon att det inte hjälpte att blunda, för bilderna från händelsen hade redan etsat sig fast inom henne och de skar som knivar i hennes samvete.

-Är jag en yrkesmördare eller inte? frågade hon sig själv tyst medan tårarna sprutade från hennes ögon. Förmodligen i chock, återgick hon till att titta på skosnöret som gått upp och fann på så sätt en viss frid i all hopplöshet.

- - - - -

När arbetsdagen äntligen var slut kände Scotten genast oron stegras inom sig. Visserligen fick han skjuts av bossen hem idag med, men det hjälpte inte. Det gick inte att utesluta att den han golvat ett dygn tidigare var kapabel att göra en gruvlig hämnd, oavsett om Scotten var ensam eller ej. Han skulle ge nästan vad som helst för att få veta om Assar var rejält skadad eller om han repat sig. Scotten trodde att ståldörren han vräkt upp mot honom så mycket han orkade, borde gjort att något brutits.

När bossen släppt av honom vid ytterdörren hörde han att det kom ett textmeddelande. Det var från hans flickvän Lisa, som skrev att hon var tvungen att jobba över för att det skett en vattenläcka i lägenheten ovanför klädbutiken där hon jobbade. Ännu var inget förstört, men som en försiktighetsåtgärd var det en massa kläder som behövde flyttas omgående. Snabbt beslöt Scotten att ringa till Ludvig för att höra om de kunde träffas. Tyvärr svarade Ludvig inte, så han bad honom ringa när han lyssnat av meddelandet han pratat in.

När Scotten kom in i trapphuset märkte han att belysningen inte tändes, vilket den normalt sett alltid gjorde när det var så här pass mörkt. Genast fick han onda aningar och tog fram sin stilett. Ett tag stod han stilla och bara lyssnade, men det enda han hörde var sitt hjärtas hårda slag. Innan han bestämt sig för vad han skulle göra, öppnades ytterdörren bakom honom. Plötsligt tände mannen som kommit in en stark ficklampa och lyste rakt i ansiktet på Scotten!

-Jaså, är det du Oskar som står här i mörkret. Jag ska bara byta ut ett trasigt relä så blir det snart ljust här igen, sade vaktmästaren och började skruva upp en lucka som fanns på väggen.

-Vad bra att det ordnas, svarade Scotten medan han lade ner sin stilett i fickan igen.

Några sekunder senare lyste det som det skulle och Scotten kunde ta trapporna upp till lägenheten. Genom att hålla i räcket med ena handen, gick det för första gången sedan han skadat sig att gå upp utan kryckor. Förmodligen kommer det fungera fint att cykla till jobbet med inom ett par dagar, tänkte Scotten när han kommit till deras lägenhetsdörr och skulle låsa upp.

En stund senare när han bryggt på kaffe och gjort några smörgåsar, ringde Ludvig.

-Hej, jag hörde ditt meddelande, var det något speciellt? undrade Ludvig.

-Tjena! Jag tänkte bara kolla om du ville komma hit och ta en fika. Det är några saker jag skulle vilja prata med dig om utan att någon annan hör det. Lisa var tvungen att jobba över ikväll, men jag vet inte hur du har det, svarade Scotten.

-Det passar bra för Ebba pluggar ju och jag tänker inte jobba mer idag. Det har varit en massa reparationer efter åskovädret som drog över häromnatten, så egentligen finns det att göra för mig dygnet runt minst ett par veckor framåt, sade Ludvig.

-Drar inte folk ut kablarna ur eluttagen när det blir oväder, för att slippa att en massa saker går sönder nu för tiden? frågade Scotten förvånat.

-En del gör väl det, men de flesta tror kanske att så fort de bor i en stad så är det helt riskfritt. Sedan är det faktiskt så att många vill vara uppkopplade på nätet precis jämt för att de är rädda att missa något, förklarade Ludvig.

-Det ringer på dörrklockan nu så jag ska se vem det är. Men då kommer du snart? frågade Scotten samtidigt som han gick för att öppna.

-Hehe, det är jag som ringer på för jag började gå lite innan jag ringde. Det luktar nybryggt kaffe ända ut i trapphuset så jag hoppas att du har något gott fikabröd att bjuda på också, sade Ludvig innan han tryckte på röd lur och klev in.

-Jag kan bre på några smörgåsar till dig med, hoppas det duger. Kan du hälla upp kaffet så länge? Jag satte på en rejäl balja förut för att slå en del på termos, men det var lika bra du kom direkt så slapp jag det, sade Scotten.

En timme senare när han efter moget övervägande berättat vad som hänt på Allsvets AB sedan måndags eftermiddagen, var muggarna tomma.

-Det första som gäller är förstås att på något sätt lista ut var Assar befinner sig. Det är ju till och med möjligt att han bor i den vita skåpbilen eller kanske hyr en lägenhet svart någonstans. I så fall kan det bli ganska svårt att lokalisera honom, sade Ludvig eftertänksamt.

-Jo, det är viktigt att få reda på, men för mig är det ändå högsta prioritet att veta om han är kapabel att fortsätta att försöka göra mig illa. Han borde fått ganska svåra skador av branddörren. Hur tusan han sedan kunnat överleva efter att jag sprutat in tryckluft genom huden på honom är ju ofattbart, svarade Scotten och reste sig upp för att mjuka upp sina stela leder.

-Känner du inte någon inom sjukvården som kan kolla om han är inlagd någonstans? frågade Ludvig.

-Nej, inte vad jag kan komma på. Dessutom så är det nog få som skulle våga titta efter i datasystemen åt mig. Blir de påkomna med det, så tror jag det är stor risk för att de blir avskedade, fortsatte Scotten.

-Det känns inte alls bra det här. Vi vet ju egentligen inte ens om Assar lurpassar på Lisa när hon går från jobbet ikväll. På något sätt måste vi skaffa information och därmed få övertaget om vi ska lyckas, sade Ludvig.

Scotten satte sig ner igen utan att säga något. Han insåg att hans kompis hade helt rätt men visste inte hur problemet skulle kunna lösas.

-Allt är så jädra hopplöst, sade Scotten efter ett tag och suckade, samtidigt som det plötsligt ringde på hans mobiltelefon.

-Hej Oskar "Scotten" Scott! Det är Leila från polisen, ringer jag och stör? undrade hon.

-Hej, nej det är ingen fara. Jag har kommit igång på mitt arbete igen och det verkar fungera helt okej, svarade han.

-Så bra. Jag ville bara lämna en lägesrapport om hur det går med våra eftersökningar efter Assar Vladovic. Han blev nyss iakttagen av en av våra patruller som mötte honom i en stor vit bil. Vad de kunde se så hade han ett bandage runt huvudet. Jag har precis varit i kontakt med sjukhus i närheten för att höra om han besökt dem för några skador, men där har han inte varit, fortsatte Leila.

-Okej, men kunde inte patrullen som mötte Assar gripa honom? frågade Scotten.

-I normala fall hade de naturligtvis gjort det. Möter en polisbil ett fordon som har ett registreringsnummer som är inlagt i vår databas, så får vi indikering på det direkt. Det kan vara om fordonet är stulet, obetald skatt, oförsäkrat eller som i det här fallet att ägaren är misstänkt för brott. Problemet den här gången var att mina kollegor som mötte Assar var på väg till ett larm om kvinnomisshandel som gick före, berättade Leila.

-Så sammanfattningsvis vet vi att han är fri men förmodligen skadad. Dock har han inte behövt uppsöka vård för det. Jag antar att ert system larmar om ni möter Assar fler gånger, fortsatte Scotten.

-Visst, så är det. Sedan kan man ju inte garantera att han åker i samma bil nästa gång, eller om han har andra skyltar att sätta på fordonet som inte finns i vårt system, sade Leila och suckade.

-Med andra ord så gäller det för mig att vara ytterst uppmärksam på att han kanske försöker ta livet av mig fortfarande, sade Scotten med dyster ton.

-Vi har satt in extra resurser för att bevaka dig i skyddande syfte, utöver att vi letar för fullt efter Assar, svarade Leila.

-Har ni även tänkt på att han kanske ger sig på min flickvän Lisa? undrade Scotten.

-Nej, det har vi ärligt talat inte gjort. Tyvärr saknar vi möjligheter att göra det, svarade Leila uppriktigt.

-Schysst ändå av dig att ringa för att hålla mig uppdaterad. Kan jag räkna med att du hör av dig igen om det händer något där Assar är inblandad? undrade Scotten.

-Jag lovar att höra av mig om det händer något, svarade Leila innan de avslutade samtalet.

- - - - -

Assar log nöjt när han tittade på sig själv i inner-backpegeln. När han sett att hans förband inte höll tätt i skallen, hade han följt efter en bil som han antog tillhörde hemtjänsten. Efter ett besök i ett hus i utkanten av Nyköping, hade han med vapenhot tvingat in kvinnan i sin van för att få sina skador omsedda. Lyckligtvis hade det visat sig att det var en distriktssköterska han kidnappat, så hon kunde sin sak. Dels kunde hon rengöra och sy ihop såret i huvudet samt sätta på nytt bandage, men även göra en kontroll av den onda högeraxeln, som hon inte trodde var bruten.

Genom att hota henne och hennes familj till livet, fick han distriktssköterskan att lova att aldrig någonsin berätta till någon om att hon hjälpt honom.

För att visa allvaret på sitt hot, tryckte han av sitt vapen som var oladdat för tillfället i munnen på henne.

Assar var övertygad om att hon för evigt skulle tiga om det hon just varit med om.

När han nyligen mött en polisbil under utryckning, så hade han förstått att hans bil var efterlyst. De hade tittat på honom med anklagande blick och bromsat in lite innan de ändå fortsatte vidare.

För att lösa det problemet stannade han utanför en bilverkstad där de anställda gått hem för dagen. Så fort han kunde, bytte han registreringsskyltar med ett fordon som stod utanför. Förhoppningsvis skulle det dröja några dagar innan de insåg att någon bytt skyltar, spekulerade Assar när han körde därifrån.

Visst värkte det intensivt i skallen och axeln än, men det kunde inte ta bort hungerskänslorna som gjorde sig alltmer påminda.

För att råda bot på det, bestämde han sig för att uppsöka något matställe i närheten med drive-in.

Tanken var att när han fått det han beställt, så skulle han parkera lite undanskymt och äta. Som efterrätt tänkte han ta en tramadol till som han avkrävt av distriktssköterskan. Omtänksamt nog av henne så hade hon erbjudit honom ett par tabletter, men Assar hade lagt beslag på hela hennes tablettsortiment.

Av erfarenhet visste han sedan tidigare att det gällde att inte överdosera allt för mycket, om han fortfarande skulle kunna behålla kontrollen över sig själv.

En stund senare hade han ätit och druckit samt satt på den bränsledrivna parkeringsvärmaren. På en madrass i lastutrymmet sträckte han ut sig och kände hur han med tabletternas hjälp mådde allt bättre, inte minst för att smärtlindringen var så effektiv. Det sista han gjorde innan han somnade, var att sätta i magasinet i pistolen igen för att kunna freda sig om han blev störd.

- - - - -

Kapitel 3

Leila satt kvar i stolen medan hon lade ifrån sig sin telefon. På något sätt försökte hon att få ordning på sina tankar, men hon märkte att hon verkligen fick koncentrera sig för att det skulle finnas möjligheter till det. Hon tänkte först på Scotten som givetvis var grymt orolig efter att ha blivit dödshotad. Även hans flickvän svävade i livsfara, det visste hon efter liknande händelser, där typer som Assar inte visat någon som helst empati. Hon tänkte också på att mannen som hon skjutit ihjäl antagligen hade upplevt samma sak som Scotten nu genomled. Vilken sekund som helst kunde en pistol riktas mot vem som helst, för att direkt efteråt fyras av och ännu ett liv vore oåterkallerligen släckt. Ingenting kunde göras för att få det ogjort, det var den bistra sanningen. Att Assar skulle ha några samvetskval vad det gällde att fimpa Scotten eller Lisa, trodde hon knappast. Förundrad insåg Leila att hon kanske inte var så olik Assar ändå, för hon led inte nämnvärt själv av att ha dödat ytterligare en man. Det hade skett tidigare med, för ett par veckor sedan hade hon haft ihjäl en gärningsman. Då hade hon plötsligt upptäckt honom för sent framför bilen hon körde. Ljudet av dunsen mot fronten och att bilen krängde till när hon körde över kroppen, var absolut oförglömligt. Rysningar gick genom hela hennes kropp av händelsen. Konstigt nog hade det känts mer rättfärdigat idag, trots att hon mer avsiktligt försökt skadeskjuta en person så pass att han inte skulle kunna göra henne illa. Sedan att han gjort en rörelse i skottögonblicket som medfört att han dog istället, kände Leila inte att hon behövde ta på sig. Kanske berodde det på att hon visste att det var hon själv eller mannen som skulle dö. Hade hon inte varit mer förberedd än gärningsmannen var, så hade rollerna förstås blivit omvända. Då hade hon blivit bortforslad i en liksäck och det enda som funnits kvar av henne på platsen hade varit en rejäl blodpöl.

På hans blick och ansiktsuttryck hade hon sett en sådan kallblodighet och målmedvetenhet som hon aldrig skådat tidigare. Inte ens efter kulan hon satt i benet på honom hade han ändrat sig och gett upp, vilket hade varit det enda riktiga om han velat leva vidare. Istället hade han gjort allt för att döda henne, trots att han knappast kunde gått fri från det.

Med de skador han ådragit sig i benet skulle han absolut behövt sjukhusvård och väl inom de väggarna hade ett gripande och sedermera ett kännbart straff varit oundvikligt.

-Vi måste åka till en lägenhet på Stationsgatan! En patrull är där, för det kom ett larm om bråk på tredje våningen. Väl på plats, så kom de rätt in i en knarkaffär och det verkar som alla är beväpnade, sade Jesper med bestämd röst.

-Okej, jag ska bara ta på mig den skottsäkra västen först, svarade Leila. Tankarna på händelserna den senaste tiden fick skjutas åt sidan, för nu gällde det att fokusera för fullt, om man inte ville bli nästa offer. På vägen dit kände hon successivt hur adrenalinnivån steg inom sig, trots att hon inte fått någon sömn eller vila på väldigt länge. När de var framme vid adressen var hon

23

så pass taggad för uppgiften som det bara gick.

- - - - -

-Jaha, då fick vi veta att Assar "is back in business", sade Scotten och suckade.

-Visst, men den vetskapen fick vi ju smidigt i alla fall. Jag menar, att just en sådan här sak är bra att vi vet, för då kan vi planera motåtgärder. Assar räknar säkert med att vi tror att han är så illa däran att han inte kan göra dig någon skada. Därigenom är det troligt att han blir oförsiktig och våghalsig vilket gör det lättare för oss att likvidera honom, fortsatte Ludvig.

-Ja, det har du förstås rätt i. Hur tycker du att vi ska utnyttja den fördelen då? undrade Scotten.

-Vi måste inrikta oss på svagheterna som vi vet att han har. Bara en idiot hade behållit fordonet han färdas i, det är en sak. Sedan vet du med säkerhet att hans högra axel är rejält skadad, det är nummer två. Som nummer tre måste plåtdörren gjort att han fått sår i skallen och förmodligen gett en rejäl hjärnskakning, sade Ludvig.

-Jo, det är klart, att efter en sådan behandling borde han ju inte vara speciellt kartig, svarade Scotten.

-Dessutom är det märkligt om han inte fick några sviter efter att du höll tryckluftsslangen mot halsen på honom. Vem vet, han kanske går med en tidsinställd bomb inom sig. Är det en luftbubbla som vandrar runt i blodsystemet så borde den ju så småningen hamna i antingen hans hjärna eller i hjärtat, spekulerade Ludvig.

-Ja, det är konstigt. Faktum är att jag inte på femton sekunder kunde känna att han hade någon puls när jag gjort det. Sedan ropade min boss att han var färdig att skjutsa hem mig, vilket medförde att jag inte hann kontrollera tillräckligt noga, det är tydligt. Förresten, tror du att du hinner följa med Lisa när hon går från jobbet ikväll, för han kanske lurpassar på henne utanför klädbutiken? undrade Scotten.

-Inga problem, ring till henne och be att hon meddelar oss tio minuter innan hon ska gå därifrån, svarade Ludvig.

-Jag kom på en grej till, även om vi vet att Assar är i dåligt skick nu och på så sätt lättare att förinta, så är väl risken stor för att jag blir misstänkt för att ha mördat honom, sade Scotten innan han pratade in ett meddelande till Lisa, som tydligen inte kunde svara.

-Det har du alldeles rätt i och jag har funderat mycket på hur vi ska kunna eliminera det problemet. För att dubbelgardera så bör det göras så att det ser ut som en olyckshändelse. Förutom det får vi se till att du har ett vattentätt alibi för tiden när det sker, annars är det tveksamt om vi ska försöka oss på att genomföra något.

-Ja, det är klart att det blir i stort sett omöjligt för mig att mörda Assar samtidigt som jag befinner mig på ett helt annat ställe och håller på med något som kan styrkas, svarade Scotten.

-En sådan sak går alltid att lösa, men det kräver god planering. Mordet måste ske med en viss fördröjning så att du hinner förflytta dig. Rikigt hur vi ska arrangera det vet jag inte än, men får jag grunna lite så ska du se att jag kommer på något, svarade Ludvig och log.

-Vi får hoppas på det. Nu fick jag ett sms av Lisa, hon väntar inne i butiken tills du kommer dit, sade Scotten.

-Jag sticker direkt, sade Ludvig medan han ställde sin kaffemugg i diskhon.

-Schysst av dig, vill du ha mer kaffe när ni kommer tillbaka? frågade Scotten.

-Nej tack, jag drar hem till mig sedan, svarade Ludvig innan han stängde dörren efter sig.

När Scotten ställt bort sin mugg med, gick han in i vardagsrummet utan att tända lampan som satt i taket. Han ville kontrollera om något fordon parkerat på gatan, som inte brukade vara där. Möjligheten fanns visserligen att Assar istället kommit till fots dit och stod och gömde sig någonstans, men med de skador han hade så var det mindre troligt.

Försiktigt närmade han sig gardinen som var så pass genomskinlig att det med viss ansträngning gick att se igenom den. Ganska snabbt kunde han konstatera att det var samma bilar därnere som vanligt. Om han skulle ta det som ett gott tecken eller inte, var han dock tveksam till. Risken var förstås överhängande att Assar tänkte överrumpla Lisa när hon gick från jobbet och då var han ju inte i närheten och kunde försvara henne. Som väl var trodde han att Ludvig också kunde bjuda hårt motstånd om han och Lisa blev attackerade, för han hade planer på att bli polis och hade legat i hårdträning den senaste tiden. Dessvärre hjälpte det nog föga, om Assar fortfarande hade sin pistol kvar.

Scotten satte sig ner i en fåtölj och försökte komma på hur det skulle kunna vara möjligt att likvidera Assar utan att lämna några spår. Med ett ryck vaknade han en stund senare av att det var någon som drog ner handtaget till lägenhetsdörren.

-Har du gått och lagt dig redan? klockan är ju bara lite efter åtta undrade Lisa när hon kommit in.

-Jag måste ha slumrat till lite, svarade Scotten yrvaket.

-Tja, det är väl inte så konstigt i det här mörkret, svarade Lisa och tände lampan i taket.

-Är du hungrig eller vill du bara ha en kopp kaffe? frågade Scotten och reste sig upp.

-Du får gärna värma på en pizza från frysen, för jag har inte ätit något sedan lunch. Jag tar en varm dusch så länge, fortsatte Lisa och gick mot badrummet.

-Visst, jag ordnar det, svarade Scotten och kände sig skuldmedveten. Vad tänkte han med egentligen? Här kunde han lätt räknat ut att Lisa absolut ville ha något mataktigt efter en lång skitdag på jobbet, och så satt han och sov när hon kom hem och hade inte fixat något. Snabbt försökte hans hjärna hitta på undanflykter som kunde förklara hans klumpighet. Det första som kom upp var att det var Assars fel. Hade inte aset ställt till trassel hela tiden så skulle Scotten kunnat ägna sina tankar åt det som var viktigt för att vardagen skulle flyta på.

-Det måste bli ett slut på det här, sade Scotten tyst för sig själv och knöt sin hand i fickan runt stiletten.

När han satt på ugnen och ställt in pizzan, dukade han så fint han kunde och tog fram en cider från kylen. Precis när han hörde att Lisa stängde av vattnet, tände han ett stearinljus och hoppades att hon skulle tycka att det var fint.

- - - - -

Det hade hänt så många gånger förr, att Assar tappat räkningen nu. Bara för att han känt sig lite frusen när han skulle lägga sig, så hade han vridit upp värmen lite extra. Det hade inte dröjt länge innan ljudet från bränslevärmaren som tillsammans med tramadolen, gjort att han slocknat som en klubbad säl. När han kisade såg han att termometern stod på tjugosju grader. Det han tyckte minst om i det här läget, var att han var helt genomsvett. Olustkänslorna förstärktes av ett förbannat pulserande i huvudet. Han visste att det inte bara berodde på värmen, utan även givetvis på grund av skadorna han ådragit sig häromdagen. För att slippa värken fanns två alternativ, varav det ena var mer hälsosamt. Antingen kunde han ta en tramadol till och somna om, eller också gällde det att ta sig i kragen och gå ut och få lite frisk luft. Med pistolen i jackfickan öppnade han sidodörren och klev ut. Luften var kall och fuktig och när han tittade upp mot de nya gatlamporna, såg han att det kom ner ett fint duggregn. Det var så små droppar att de inte hörts när han låg inne i vanen, men nu när han kommit ut kändes det som om någon sprutade iskallt vatten med en blomspruta i ansiktet på honom. När han skulle skjuta igen dörren påmindes han om att högeraxeln var skadad, för det skar som knivar i den. Förundrad över att han haft så dåligt minne att han inte stängt dörren med sin andra hand, bestämde han sig för att gå en liten sväng för att syresätta blodet lite och därmed förhoppningsvis kunna tänka klart. Den skärande smärtan i axeln återkom dock när han skulle ta fram bilnycklarna från byxfickan. Han svor för sig själv för att han inte lagt dem i vänsterfickan ifrån början, medan han med korta steg gick därifrån.

- - - - -

-Det är visst många bekanta ansikten här, sade Leila viskande när hon fick se vilka som var gripna.
-Ja, men tyvärr är det några yngre förmågor här också,

28

sade Jesper och suckade.

-Ja, det ser jag nu. Det är så tråkigt, risken är ju överhängande att de aldrig kommer på rätt köl igen, svarade Leila.

-Teknikerna får finkamma lägenheten, så åker vi tillbaka till stationen och inleder förhör så snart som möjligt. Tyvärr kom det här tillslaget rätt oläpligt. Vi har fullt upp att göra med jakten på resten av gänget som utförde rånet mot uttagsautomaten, fortsatte Jesper.

-Jag vet, så med andra ord antyder du att vi skulle behöva jobba dygnet runt, sade Leila med en undrande blick.

-Dyker det upp ännu mer så blir det definitivt så. Men prioriterar vi på det mest akuta, så ska vi nog kunna lösa det utan övertid. Jag tänkte att vi bara genomför inledande förhör på de här juvelerna. Redan nu har första patrullerna hittat så mycket vapen och droger så det räcker för fällande domar på allihop. Vi koncentrerar oss istället på rånet i första hand, för de här grabbarna vet vi var vi har, sade Jesper eftertänksamt.

-Visst, men det är faktiskt åtta personer gripna, hur menar du att vi ska kunna hinna förhöra dem när vår ordinarie arbetstid tar slut om två timmar? frågade Leila.

-Du vet lika väl som jag att de här typerna kommer vara ovilliga att öppna käften innan de får sätta sig i knät på en slemmig advokat som tycker om att smeka dem. Jag räknar med att tar vi fyra var och avsätter en kvart på varje individ, så kanske vi kan mjuka upp dem lite, svarade Jesper och började gå ner för trapporna till bilen.

-Jaha, det är väl värt ett försök. Visst brukar de vara rätt tystlåtna första tiden, men det kan ju alltid vara någon som pratar på desto mer, sade Leila.

-Det händer ju ibland att någon längtar till mamma så mycket att de säger allt de vet, för att få komma hem. Men det jämnar nog ut sig tidsmässigt. Sedan får några andra fortsätta med dem imorgon så går vi vidare med sökandet efter rånarna. Nu är jag övertygad om att de ligger och trycker i närheten, fortsatte hennes chef.

-Det var ju bara så himla synd att jag sköt ihjäl gärningsmannen som jag sprang ifatt. Annars kunde vi pumpat honom rejält för att få reda på vart hans kumpaner tagit vägen, svarade Leila.

-Ja, men nu blev det inte så. Visst hade det varit en fördel om han hunnit kläcka ur sig det innan han dog, men vi får inte glömma att det istället kunde gått åt helvete på riktigt. I värsta fall hade gärningsmannen fått in en träff på dig, innan du sköt honom. Ett skräckscenario till, hade ju förstås varit om någon oskyldig skadats eller dödats, sade Jesper.

-Det har du förstås rätt i, svarade Leila medan hon satte sig i bilen och började fundera. Hennes chef hade ju fullständigt rätt i det han just sagt, men på något sätt insåg hon först nu vilken tur hon haft när hon lyckats oskadliggöra pistolmannen i tid. Det hade helt klart varit katastrof om någon annan blivit skjuten. Med all säkerhet hade hon fått bära huvudansvaret för det, även om det inte var hon som avlossat den vållande kulan. Rättsmaskineriet skulle säkert anse att det var Leila som gjort fel, när hon tagit upp förföljandet viftande med draget vapen istället för att obemärkt följa efter honom. Internutredarna skulle redan nu efter hennes dödsskjutning grilla henne rejält för vad hon verkligen hade gjort, det visste Leila. Av kollegor hade hon också hört att de gärna ägnade sig åt rent hypotetiska frågor och då skulle mycket väl alla möjliga händelseutvecklingar tas upp.

När hon såg att de bara hade drygt hundra meter kvar till polisstationen, beslöt hon sig för att börja tänka på något som var mer positivt.

Tankarna gick direkt till pojkvännen som nyligen friat till henne. Helst hade hon velat sticka hem till Petter direkt och älska med honom. Att få lämna all skit på jobbet bakom sig och göra det istället, hade varit rena drömmen.

-Vi kör igång när vi fått i oss lite kaffe. Vill du förhöra några speciella i gänget? undrade Jesper.

-Jag kan gärna ta de yngsta, för jag vill bilda mig en uppfattning om hur de tänker. Är det möjligt tror du att få dem in på den lagliga banan igen, eller är det redan för sent? frågade Leila.

-Personligen är jag av den uppfattningen, att det är väl aldrig för sent att försöka. På samma gång tror jag att åtgärder skulle satts in betydligt tidigare för att nå bättre framgång. Ta mig tusan att det skulle krävas körkort för att få skaffa barn! Idag är det för många idioter som får i uppgift att sköta uppfostringen av sina avkommor! En del kan ju inte ens ta hand på sig själva! det kan inte bli annat än skit av det, svarade Jesper upphetsat.

- - - - -

Kapitel 4

-Vet du vad jag älskar mest hos dig? frågade Scotten
när Lisa iförd endast ett nattlinne kom till matgruppen
efter duschen för att äta.
-Inte en aning, just nu känner jag mig bara hungrig och
trött. Dessutom är jag osminkad och orkar inte göra
något åt håret ikväll, svarade Lisa lite förvånad över
hans kommentar.
-Det finaste med dig är att du är lika vacker i alla lägen
utan att du vet om det. Hade du istället känt till det, så
hade du kanske blivit märkvärdig och förmer, fortsatte
Scotten.
-Snällt sagt, men det är allt annat än jag känner mig. Om
jag tänder taklampan så ser du kanske bättre hur jag ser
ut och ändrar uppfattning, mumlade Lisa medan hon
bröt loss en stor bit pizza.
-Jag menar varje ord jag säger, det måste du lita på och
ta till dig, sade Scotten och gick och hällde upp den kalla
cidern i ett glas åt henne.
-Jag älskar dig också, det vet du. Det är bara det att jag
går runt och är så förbannat orolig för att Assar ska
förstöra allt för oss.
-Det ska han inte lyckas med, det ska jag göra allt för att
förhindra. Men visst, jag är inte helt lugn heller innan
han hittats, sade Scotten medan han började smeka
hennes bröst och kysste henne på huvudet.
-Märker du kanske att jag äter pizza än? sade Lisa och
började småskratta.
-Ja, det ser jag nu. Då kanske du vill vänta lite med

efterrätten. Jag går och hämtar en öl att smutta på medan du äter färdigt, svarade Scotten och log. Ska skicka ett sms till bossen med, att han inte behöver skjutsa mig till jobbet imorgon. Knäet känns så bra att jag tror att jag kan börja cykla igen, fortsatte han.

-Det vet du ju bäst själv, men är du inte rädd för att du får värk efteråt? undrade Lisa.

-Möjligt att jag märker av lite i början, men på samma gång är ju cykling fin träning för knäleden, svarade Scotten.

-Som sagt, gör som du tycker verkar vettigast. Vad fint du hade fixat till mig ikväll med levande ljus och kall cider till pizzan, det kan du få göra fler gånger.

Nu kan vi ta efterrätten, fortsatte Lisa leende och blåste ut ljuset.

- - - - -

Leila brydde sig inte om att besvara sin chefs uttalande om körkort för föräldrar. Hon förstod precis vad han menade, men höll ändå inte riktigt med. Men när Jesper var på det här humöret var det ingen idè att börja argumentera emot honom, det visste hon sedan tidigare. Det skulle bara leda fram till att de blev osams och risken var då överhängande att de sade saker till varandra som de egentligen inte menade.

Det hon vände sig mest emot var, att han drog alla över en kam. Barn som redan fötts utan att föräldrarna haft något så kallat körkort, hade ju inte haft en chans att välja sina föräldrar. Allt var så förbannat komplext och gick inte att hitta någon snabb och enkel lösning på. Vid närmare eftertanke trodde Leila knappast att det gick att lösa överhuvudtaget, men det innebar ju inte att man ej skulle försöka förbättra situationen för alla som kommit på glid.

Sina tankar behöll hon för sig själv, för fridens skull. Med en nickning till en i piketgruppen visade hon vem hon ville samtala med först. Med några bestämda handgrepp såg hon hur ynglingen togs ifrån sin huvtröja och keps. I samma stund var det precis som grabbens självsäkra attityd rann av honom. Det syntes att han förstod stundens allvar och plötsligt blev medveten om att han nu stod helt ensam utan sina vänner. Osäkerheten inom honom kunde säkert även bottna sig i att det bara var ytliga polare som han umgicks med. Sådana som såg till sitt eget bästa och fullständigt sket i hur det gick för de andra, bara de kunde klara sig skapligt själva. Det enda de egentligen hade gemensamt, var förmodligen att de känt sig orättvist behandlade från början av familj, skola och samhälle. I sin flykt från det, hade brott och droger känts som lockande alternativ, i motsats till att fortsätta som tidigare.

-Varsågod och sitt. Jag heter Leila och är polis. Klockan är fjorton och femton den fjärde oktober tjugo sjutton och ett inledande förhör skall hållas med dig, började hon. Utan ett ord satte sig ynglingen ner med en kaxig attityd mot henne. Kvar fanns dock spår av osäkerhet hos honom som tydligast syntes på att hans ögon var nära att fälla tårar.

Efter tio minuter och han inte ens öppnat munnen, fann Leila det som totalt meningslöst att fortsätta förhöret. Hon sade det inte till honom, men hon tänkte för sig själv att han förmodligen skulle bli mer talför vart efter tiden gick. Det var till och med möjligt att han redan efter en natt i cellen skulle hinna tänka över sin situation och vilja göra något åt den.

De fortsatta förhören med de tre återstående avlöpte på samma sätt. Det var precis som om de kommit överens om att hålla tyst om de greps.

-Bortkastad tid för dig med? frågade Jesper när de träffades efter sista förhöret.

-Ja, det är väl synd att säga något annat. Visst kanske de blivit lite uppmjukade och vill börja snacka för dem som tar vid efter oss, det får man väl hoppas i alla fall.

-Imorgon återgår vi till gänget som söker efter rånarna. De har börjat med att finkamma varenda möjlig plats som de kan tänkas ligga och trycka på inom tvåhundra meter från uttagsautomaten, berättade Jesper.

-Är det inte i minsta laget med så liten yta? undrade Leila.

-Jo, det kan jag hålla med om, men det går ju alltid att utöka området om det erfordras. Allt måste göras extremt grundligt, för det kan ju inte uteslutas att de med våld tagit sig in hos någon och gömmer sig där. I värsta fall kan de hålla någon fången eller till och med dödat någon för att de känt sig trängda, fortsatte Jesper.

-Ja usch, tänk om de har det. Något sådant lär vi ju inte få reda på speciellt snabbt tyvärr, svarade Leila.

-Det är därför som vi måste vara så ytterst noggranna vid undersökningarna. I princip behöver vi ta oss in i varenda vrå för att kunna utesluta att de inte befinner sig där. Hur som helst, våra kollegor jobbar systematiskt med det här dygnet runt, så med lite tur har de lyckats gripa dem i morgon bitti när vi går på och jobbar igen.

Men nu är det vi som slutar jobba för idag, sade Jesper och tog på sig ytterrocken.

-Ja, det ska bli skönt att få komma hem en stund för det har varit ett väldigt jobbigt arbetspass. Vi syns imorgon då, sade Leila och såg att hennes chef vinkade till svar. För att slippa frysa mer än nödvändigt, cyklade Leila så snabbt hon kunde när hon skulle hem. På samma gång tyckte hon att restiden på normalt cirka tio minuters cykelfärd var guld värd. Största anledningen till det var, att hon på den tiden hann ställa om sig inombords mellan sin roll som polis och en vanlig tjej. Tankarna på att få komma hem och ta en härlig dusch tillsammans med Petter trängde effektivt bort olustkänslorna av mörker och fuktig kyla som infunnit sig när hon klev ut från sin arbetsplats.

Framför sig såg Leila en härlig kväll med sin pojkvän Petter, som hon inte sett på hela dagen.

-Hej älskling, jag har blivit sjuk, sade Petter när han öppnade dörren åt henne.

-Vad tråkigt, på vilket sätt mår du dåligt? undrade Leila medan hon hängde av sig ytterkläderna.

-Det måste vara någon slags influensa, för jag svettas och fryser så otroligt på samma gång. Trött är jag med, så jag går och lägger mig nu. Hoppas jag inte smittar dig med den här smörjan, sade Petter och gick med släpande steg mot sovrummet.

-Vill du ha något att dricka? frågade Leila.

-Nej tack, jag har redan druckit en liter juice och tagit ett knippe värktabletter, så jag hoppas att jag kan sova en stund nu, sade han innan han släckte sänglampan.

-Jag tar en dusch, sade Leila utan att få något svar.

Förmodligen hade han slocknat så fort han lade ner sitt huvud på kudden, tänkte hon.

När Leila kom ut från badrummet visste hon först inte vad hon skulle hitta på. Det var bland det värsta hon visste när det inte blev som hon hade planerat och hoppats. Petter kunde absolut inte rå för att han blivit sjuk, men det var ändå det som gjorde henne otålig och rastlös. Efter en sådan fruktansvärt jobbig arbetsdag, kände hon ett stort behov av att få prata med någon som verkligen brydde sig och lyssnade på henne. Innerst inne visste hon att det bästa för henne i det här läget, hade varit att klä på sig ändamålsenligt och ta en rejäl promenad för att rensa hjärnan. Istället hamnade hon i TV-soffan tillsammans med en stor påse chips, en chokladkaka och långfilmen "The Revenant" med Di Caprio.

-Där är en till som har det lika jävligt som jag, sade hon till sig själv när hon sett drygt halva filmen. När den liksom chipsen och chokladen var slut, drog hon en filt över sig och försökte sova. Att själv bli smittad och sjuk är kanske omöjligt att eliminera, men risken borde ju vara mindre om jag håller mig lite ifrån Petter ett tag, tänkte Leila innan hon somnade.

- - - - -

Trots att larmet inte ljudit än, så väcktes Scotten av något. När han kisade med ögonen för att se vad klockan var, såg han att den just passerat halvfyra på morgonen. Vad som väckt honom blev han varse vid nästa andetag. Vid inandningen han gjorde, kände han något varmt och hårigt på sin kudde. För att få veta vad det var, tände han sänglampan och fick genast svaret.

37

-Lisa, din dumma katt Knasen ligger och fiser på min kudde! sade Scotten bestört.

-Det kan väl inte vara så farligt. Vänd på dig och somna om, svarade hon likgiltigt.

-Tack för ditt stöd, muttrade Scotten och försökte välta kudden för att katten skulle ramla av. Detta var dock inget som Knasen var intresserad av, för med sina klor höll han sig fast stenhårt. Genom att låta katten behålla kudden och själv låna halva av Lisas, försökte han med korta andetag under täcket somna om igen. Stanken av Knasens fisar var inte lika påtaglig längre, så efter ett tag lyckades han.

-Klockan är halvsex nu, du måste gå upp nu för att hinna till jobbet, sade Lisa och knuffade på Scotten som sov tungt.

-Ojdå, är det redan dags? Det känns inte som om jag är utvilad alls, men det är väl bara att sätta fart, sade Scotten och gick mot badrummet. En halvtimme senare var han färdig att cykla till arbetet. Försiktigt smög han in och kysste Lisa på kinden och sade hejdå till henne, för hon behövde inte gå upp förrän åtta. På hans kudde låg fortfarande Knasen och sov medan lukten av kattfis i sovrummet ännu satt i.

I fortsättningen får Knasen sova på balkongen om han inte slutar gasa så förbannat, tänkte Scotten och gick till hallen för att ta på sig sina skor.

Scotten kände det som en stor seger att han en stund senare lyckats cykla till jobbet igen. Härligt nog hade det inte värkt i knäet alls, det enda som märkts var att han tyckte att han blev mer andfådd än han brukade bli. Visserligen visste han mycket väl att kondition var en färskvara, men ändå.

Det var också riktigt skönt att slippa hoppa runt på kryckor på jobbet. Med en gång fick han mer varierande arbetsuppgifter. Även om det var mycket att göra, gled tankarna ideligen in på problemet Assar. Helt klart var att han behövde träffa Ludvig igen för att kunna planera likvideringen. Redan samma dag tänkte han föreslå att de snackade igen, helst hemma hos Ludvig den här gången. På ett sms skrev han om sina funderingar och fick direkt en tummen upp till svar.

- - - - -

På det hela taget tyckte Assar att det fungerade hyggligt att bo i skåpbilen. Sedan han bytt registreringskyltar på den, kände han sig mer trygg i att inte bli igenkänd. Helst ville han hämnas brutalt på Scotten innan han rörde på sig till gamla hemtrakter. Av en bekant hyrde han visserligen en liten etta med kokvrå på norr, men den hade han inte varit i på över en månad. Mycket beroende på att han befarade att kanske polisen hade bevakning på lyan. Assar misstänkte att den han hyrde av kunde tänkas ha tjallat till snuten om honom, inte minst för att han inte fått betalt på några månader. Läkte bara skallen och axeln blev bättre, så skulle han göra slag i saken och döda Scotten innan han flyttade tillbaka till Malmö. Där hade han större delen av sin släkt boende och kände sig mer hemma än i Nyköping.

Nu hade han stått still på samma parkering i över ett dygn och kände att det var dags att byta plats. Dels behövde bilbatterierna laddas och dessutom ville han inte få snuten efter sig, bara för att han långtidsparkerade någonstans. Dieselmotorn rasslade igång direkt och efter några minuters körning minskade knattret från den. Sedan dröjde det inte länge förrän imman på vindrutan började ge med sig.

Assar gillade vanligtvis inte kylan och den konstanta bristen på dagsljus som rådde under större delen av året i Sverige. Men som läget var nu, så var han ganska tacksam för att det var på just det här viset.

Hela tiden kunde han ha sin huva på tröjan över huvudet när han var utomhus utan att väcka några misstankar hos någon, vilket medförde att det inte gick att se att han hade bandaget kvar. Han anade att i polisens sökregister så var det ett av kännetecknen på honom just nu. Även hans vanligtvis kraftiga skäggväxt stod det säkerligen något om, men den hade han lått en barberare raka av fullständigt. Nu var det till och med så att han själv hajade till när han såg sin spegelbild någonstans, för så olik var den mot hans forna jag. Dessutom hade han fått börja med att använda sina glasögon igen, för linserna var försvunna.

Varje dag hade han som mål att försöka gå en sväng och göra lite lätta rörelser med kroppen för att återhämta sig fysiskt. På samma gång när värken tilltog, var han inte sen med att kurera sig med distriktssköterskans medikamenter. Det var väl kanske inte något som hela hans kropp jublade över, men smärtlindringen blev bättre. Ibland för att påskynda effekten, löste han upp tramadol och injicerade istället. Sedan tidigare visste han mycket väl att det inte var helt riskfritt med alla bindemedel som fanns i tabletterna, men vem tusan kan gå runt och vara orolig hela tiden? tänkte han. En sak som dock bekymrade honom alltmer, var att han endast

hade drygt åttahundra kronor i kontanter på sig. Att
försöka använda sitt kort var totalt dödfött, det visste
han. Om det mot förmodan inte redan var spärrat, kunde
han räkna med att uttaget direkt skulle registreras av
polisen. För att spara så mycket av sina pengar som
möjligt och få dem att räcka så länge som det behövdes,
hade han inte köpt så mycket sista tiden. Nästan allt han
behövde äta, snattade han i någon affär. Hittills hade
ingen kommit på honom, men han befarade att det bara
var en tidsfråga innan det skulle hända. När han tittade
ner på instrumentpanelen, såg han att det var hög tid att
fylla på diesel. Att fylla tanken gick på över tusen kronor,
vilket rimmade illa med hans tillgångar. Hur han skulle
lösa den ekvationen visste han inte riktigt. Hade han haft
en lite snabbare bil kanske han kunnat tanka och sedan
smita från betalningen, men det var inget alternativ som
lockade, för risken för att åka fast var påtaglig. När han
hittat en lämplig parkeringsplats, parkerade han och
stängde av motorn.

En bit därifrån såg han en matbutik som han tänkte
besöka. Troligtvis skulle han komma ut med en burk
potatissallad, grillad kyckling och en burk öl i sina fickor.
Bara tanken på godsakerna fick honom att le och gjorde
att det vattnades i munnen på honom.

- - - - -

Kapitel 5

Oroligt såg sig Scotten om ett flertal gånger när han cyklade från jobbet. Utanför deras bostad var en bil parkerad, men när han kom närmare kände han igen fordonet, för det var en av polisens civila bilar. Han förmodade att de inte direkt ville prata med honom, utan bara se om Assar var där och väntade. När han ställt ifrån sig cykeln nickade han till dem, lite för att visa att han var hemma och tacksam för att de tog hans oro på allvar och ansträngde sig för att gripa gärningsmannen. Lisa skulle som vanligt sluta arbeta vid arton, så det var tyst och lite skumt i lägenheten. Hade det varit en solig eftermiddag hade det nog kunnat vänta med att tända lamporna inne, men det här var en dag som det aldrig blivit ljust på riktigt. Vindbyar från öster hade ideligen pumpat in fuktig luft från havet och det kändes att det var höst på gång.

När han ätit ett par limpsmörgåsar med ost på och druckit ett glas mjölk, skrev han ett sms till sin flickvän att han skulle gå hem till Ludvig en stund, men att han tänkte möta upp henne när hon slutade.

Han lät det lysa innan han låste ytterdörren och gick ut igen. Egentligen hade han tänkt cykla till Ludvig, men han visste att det var glapp i baklampan, så han bestämde sig för att ta en promenad istället. Visserligen trodde han knappast att snutarna i den civila polisbilen skulle påpeka det defekta lyset, men det kändes som om det var onödigt att chansa.

Ludvig höll på att dammsuga hemma hos sig när

Scotten ringde på.

-Det är ju inte värt att det ser ut som om det varit ett rave-party här när Ebba kommer hem imorgon, sade Ludvig och garvade när Scotten steg in.

-Nej, det tror inte jag heller. Jag har försökt komma på något bra sätt att skaffa ett bra alibi för att slippa bli misstänkt för Assars likvidering, men jag vet inte hur det skulle kunna gå till, sade Scotten fundersamt.

-En fördröjningsanordning som är enkel men på samma gång idiotsäker menar du? sade Ludvig undrande och log brett.

-Just precis, har du någon idè hur man kan anordna en sådan? frågade Scotten.

-Det tog mig inte en kvart att konstruera en sådan teoretiskt. Så fort jag får en stund över, kan vi kontrollera om den fungerar i praktiken. Men det finns egentligen inget tvivel om att den gör det, så den delen är inget problem, svarade Ludvig.

-Jaha okej, vad bra. Du får förklara lite närmare sedan hur du har tänkt att det ska gå till. Eftersom du löst det dilemmat, kanske vi kan gå över till nästa. Hur ska vi komma i kontakt med Assar utan att riskera att själva dödas? undrade Scotten.

-Du måste pumpa min syster Leila mer för att få reda på om polisen har några ledtrådar som inte vi känner till, det är punkt nummer ett. Som två blir att vi söker av Nyköping själva och ser om vi hittar hans skåpbil. Båda de här sakerna måste ske ganska snart, för antagligen är han fortfarande lite risig fysiskt. Men inom kort lär han bli bättre och då känna sig redo att slå till igen, fortsatte Ludvig.

-Ja okej, Leila har ju sagt att jag får ringa henne om det är något jag undrar över, så det kan helt klart verka oskyldigt. Det är ju inte så länge sedan jag såg Assar i en vit skåpbil, har han inte bytt nyligen är det inga större problem för mig att känna igen den, svarade Scotten hoppfyllt.

-Helst borde vi söka av parkeringsplatser vic industrier och köpcentrum nattetid. Jag tror det är störst chans att hitta honom där, föreslog Ludvig.

-Ja, det låter rimligt och Nyköping är ju inte extremt stort, så det finns alla möjligheter att din plan ska lyckas, svarade Scotten.

-Jag tror att förutsättningen för att allt ska gå i lås, är att vi får övertaget genom att hitta honom först. Överrumplar han dig, kan det helt klart bli vi som får problem istället, det har vi ju sett tidigare. Jag föreslår att vi sticker ut redan i morgon kväll rätt sent, för att leta efter Assar. På lördag kväll förresten, vill Ebba bjuda på hemgjord pizza om det passar dig och Lisa. Det är bäst att jag säger innan jag glömmer det, fortsatte Ludvig.

-Imorgon kväll säger du, tja det går säkert bra. En idè jag fick, var att vi kanske skulle fixa ett par biobiljetter till Ebba och Lisa, så kan de gå och titta på film när vi är på spaning. Ebbas pizza är alltid suverän, så lördagkväll tackar vi säkert ja till, det tror jag att jag kan lova, svarade Scotten.

-Jag ska åka och tanka min jobbarbil nu, om du vill kan jag släppa av dig i närheten av Lisas jobb så slipper du gå dit, föreslog Ludvig.

-Ja okej, jag åker gärna med. Då hinner jag fixa ett par presentkort på Biostaden om vi kan åka förbi där innan, sade Scotten.

-Vi drar direkt då, sade Ludvig och tog bilnycklarna som låg på hallbyrån.

-Tusan vad det luktar bensin i din jobbarbil! Jag trodde den gick på diesel för det låter så, sade Scotten när de skulle börja åka.

-Visst är det en dieselmotor i den, men det är inte den som stinker. Jag lovade farsan att titta på hans bensindrivna grästrimmer när jag får tid över, så det är den som förstör luften härinne. Jag vet inte om det är den eller tiolitersdunken som han skickade med som läcker, men det får jag väl kolla någon gång i framtiden, svarade Ludvig medan han ökade fläkthastigheten och öppnade sitt sidofönster.

-Det känns som det här fordonet har gjort sitt, är det inte dags att byta snart? undrade Scotten.

-Jag kommer inte sörja det minsta om någon stjäl den och jag får ut en bättre på försäkringen. Jag har faktiskt vissa planer på hur det ska gå till, berättade Ludvig samtidigt som han slet för fullt för att få i en högre växel.

-Hur går det, får du i någon växel snart? undrade Scotten och började skratta.

-Det verkar tveksamt, men kanske. Det värsta är ändå när växeln hoppar ur ibland. Oftast gör den det när jag vill accelerera, vilket kan bli lite pinsamt, fortsatte Ludvig.

-På samma gång lägger ju folk märke till din företagsbil. Jag menar, med den här förstår ju alla att de behöver anlita dig för att firman ska ha råd att investera i en ny bil, sade Scotten.

-Faktum är att jag ska be Ebba om hjälp att fylla i

ansökningshandlingar till polisskolan i helgen. Kommer jag in efter årsskiftet så slutar jag som TV-reparatör, svarade Ludvig allvarsamt.

-Min tvillingsyster är duktig på sådant, så där kan du få stor hjälp. Du kan släppa av mig där framme, så går jag och ordnar ett par biljetter till bion. Jag ska skynda mig, sade Scotten och tog av sig säkerhetsbältet.

Efter några minuter kom han tillbaka och gav en av dem till Ludvig.

-Jag swishar över pengar sedan, sade Ludvig medan han stoppade biljetten i fickan.

-Glöm det, jag bjuder på den till Ebba som tack för att du hjälper mig. Då ses och hörs vi imorgon, sade Scotten när Ludvig körde in på gatan bakom Lisas arbete.

-Visst det gör vi, svarade Ludvig nickande och stannade vid trottoarkanten.

Precis när Scotten kom fram till butiken, var Lisa färdig att stänga. För att vara en torsdagskväll var det relativt mycket folk ute och flanerade.

-Ludvig och jag har fixat biobiljetter till dig och Ebba imorgon. "The Square" går på Biostaden och jag vet att du vill se den filmen. Det vill däremot inte jag, men du får gå med Ebba för hon gillar den nog med. Hoppas det går bra, sade Scotten när de gått en bit.

-Det ser jag verkligen fram emot! Tack älskling, svarade Lisa och stannade för att krama om Scotten.

-Dessutom är vi bjudna på pizza hemma hos Ludvig och Ebba på lördag. Jag kom inte på att vi hade något speciellt inbokat då, så jag tackade ja, fortsatte Scotten.

-Det ska bli kul, inte minst för att jag vet att Ebba är så bra på matlagning. Verkade det lugnt när du var hemma efter jobbet, jag menar, det var ingen Assar och snokade någonstans? svarade Lisa undrande.

-Det var faktiskt ett par civilsnutar i en bil utanför. Vi får väl se om de står kvar när vi kommer hem, svarade han.

-Jag orkar snart inte med det där aset, tänk om han bara kunde gå och dö! utbrast Lisa spontant.

-Visst, svarade Scotten kort medan han tänkte, att gick allt som han ville, så var det just det Assar skulle göra inom en inte alltför avlägsen framtid.

- - - - -

Mitt i natten vaknade Leila av ett skrapande oljud som verkade komma från något som befann sig inne i lägenheten. Hon höll andan och lyfte försiktigt på huvudet för att kunna lokalisera var det kom ifrån.

Ett par sekunder senare var mysteriet löst. Det var Petter som snarkade så pass grovt att det förmodligen kunde höras av ganska många grannar.

Leila hade inte mage att väcka honom för att få tyst på oväsendet, utan lade en kudde över sin skalle för att slippa höra det mesta. Det dröjde länge innan hon somnade om och när det var dags att stiga upp kände hon sig allt annat än utvilad.

Försiktigt smög hon till badrummet för att inte väcka Petter som hon trodde sov fortfarande. Efter några steg kände hon att det gjorde ont i nacken. Troligtvis berodde det på att hon haft en betydligt tjockare kudde än vanligt. Hon hoppades innerligt att en varm dusch skulle hejda en begynnande nackspärr, för det var absolut inget hon ville ha just nu. Inte någon annan gång heller för den delen, kom hon på vid närmare eftertanke.

Försiktigt gjorde hon rörelser med huvudet som hon

47

antog var bra i det ångande varma vattnet som spreds
från duschen. Några minuter senare kändes det
betydligt bättre, men hon visste att smärtan lätt kunde
komma tillbaka. Det gällde att ta på sig en halsduk
framöver, för det var helt klart läge för det den här
årstiden. Inte minst när hon cyklade, då det annars var
stor risk att utsättas för drag, tänkte hon.

När Leila åt frukost hörde hon Petters tunga andning, så
hon förstod att han sov ännu. Under tiden hon smuttade
på kaffet, tänkte hon på vad som var på gång den
närmaste tiden. Det hon först kom på, var att
internutredarna hade meddelat att någon gång under
förmiddagen så var det ett samtal inplanerat med henne
angående dödsskjutningen. Det var inget hon var
speciellt orolig för, men på samma gång var det något
hon gärna hade bakom sig för att kunna gå vidare.
Hennes chef Jesper hade sagt att de skulle hårdsatsa
på att hitta bankrånarna, allt annat kom i andra hand.
Med lite tur hade det gjorts framsteg under natten av de
som höll på att finkamma närområdet, tänkte Leila och
sköt in sin köksstol efter sig. Om inte, antog hon att det
mycket väl kunde bli hennes och Jespers uppgift att
fortsätta letandet. Det var en ganska riskfylld operation,
för de som gömde sig ville nog inte ge sig frivilligt. Blev
rånarna trängda kunde man förvänta sig att de skulle
skjuta sig fria. Särskilt om de kände igen henne från
skjutningen av deras kumpan. Visserligen var det ingen
som visste om någon av dem sett att det var Leila, men
det var bara att räkna med att så var fallet istället för att
nonchalera risken.

Efter att ha borstat tänderna och sminkat sig, gick hon in

till Petter för att se om han vaknat.

-Jösses vilken huvudvärk jag har, sade han när Leila öppnade sovrumsdörren.

-Det var inte bra, vill du ha något innan jag sticker till jobbet? frågade hon.

-Nej, jag ska försöka duscha och sedan dricka en mugg kaffe. Jag tror det kommer hjälpa en del, sade Petter.

-Glöm inte att sjukanmäla dig med. Du kan väl ringa om du kommer på något du vill ha hem, fortsatte Leila.

-Visst, jag ska göra det. När slutar du idag? frågade Petter.

-Jag borde vara hemma senast vid sjutton-tiden. Tänkte handla lite till helgen på vägen hem så vi har något att äta. Jag sticker nu, krya på dig älskling, sade Leila medan hon tog på sig sina ytterkläder.

-Tack, jag älskar dig, svarade Petter och reste sig för att gå och sätta på kaffe.

Leila var glad att hon tagit på sig en halsduk när hon cyklade till jobbet, för den satt sannerligen inte i vägen.

-Godmorgon chefen! sade hon när hon fick se honom på stationen.

-Morrn! Om en timme vill utredarna snacka med dig. Förhoppningsvis är samtalet färdigt till fikarasten så vi kan fortsätta med eftersökningarna av bankrånarna sedan, berättade Jesper.

-Till klockan åtta borde jag hinna skriva färdigt rapporterna från igår, eller hade du tänkt att vi skulle göra något annat? undrade Leila.

-Skriv du, jag har också en del kontorsjobb att göra. Tyvärr har våra kollegor inte funnit rånarna sedan vi gick hem igår, men på övervakningsfilmer har det konstaterats att det förmodligen är tre förövare vi hoppas gripa, sade Jesper.

-Hur länge kan de hålla sig gömda tror du? De måste väl ut och hämta mat åtminstone? frågade Leila.

-Är de tillräckligt slipade så kan de säkert hålla ut en vecka utan några problem. Personligen misstänker jag att de med våld tvingat sig in hos någon äldre person som de håller fången eller i värsta fall har dödat. Många gamlingar har ju ofta ett rätt så tunt socialt umgänge, så det är inte säkert att någon saknar dem. Dessutom kanske det var hyggligt med mat i kyl och frys så rånarna inte är tvungna att ge sig ut för att handla. Sådana här personer har knappast någon arbetsgivare som saknar dem heller för den delen, så vill de ligga och trycka har de goda möjligheter till det, svarade hennes chef eftertänksamt.

-Jag kan hålla med om att det låter logiskt det du säger. Hoppas bara de inte skadat någon. Vi får nog vara otroligt försiktiga när vi letar efter dem sedan, sade Leila oroligt.

-Ja, helt klart. Vi får planera detaljerna för sökandet vid kafferasten, sade Jesper och satte på datorskärmen. Leila nickade till svar och gick in till sin dator för att färdigställa rapporterna.

Lite före åtta började den sedvanliga utredningen och den höll på cirka en timme. Den gick betydligt smidigare än förväntat och hon fick beröm för ett rådigt ingripande som med stor sannolikhet räddat oskyldiga människor från att skadas.

Av anspänningen hade hon dock blivit väldigt hungrig, så de fyra smörgåsarna hon tagit med till kaffet, kändes bara som en aptitretare. Tack vare att det var fredag då Jesper och hon ofta brukade inta en stadig buffélunch på någon restaurang i stan, längtade hon redan efter att få äta sig riktigt mätt. Bara tanken på en överfylld tallrik med godsaker fick det att vattnas i munnen på henne.

-Sitter du och tänker på mat nu igen, du ser så lycklig ut? undrade Jesper och skrattade.

-Ursäkta, men jag satt visst och dagdrömde lite. Ska jag vara ärlig kan jag berätta att du har rätt, så jag kan intyga att du är en bra polis som faktiskt kan läsa andras tankar. Bara för det så bjuder jag på lunch idag, sade Leila, mest för att få välja matställe själv.

-Man får tacka! Jag har förresten lyckats få hit hundförare Ohlsson med spårhunden Chapman som hjälper oss idag. De är just nu hos obducenten och hämtar lite klädpersedlar från den du skjöt ihjäl. Med lite tur är några av dofterna gemensamma med dem vi söker, berättade Jesper.

-Ja, det låter ju förträffligt. Det är alltid bra mycket tryggare att låta en hund gå först tycker jag, svarade Leila.

-Jag har ritningar över byggnaderna som vi ska genomsöka. Utöver lägenheter där någon bor ensam får vi kontrollera vindsutrymmen och källare noga. Vi ska leta överallt, men det är på de här platserna jag tror de kan gömma sig, fortsatte Jesper.

-Okej, sade Leila och tog på sig den skottsäkra västen. Inom sig kände hon först en oro som hon inte alls var bekväm med. Varför hon kände så nu, kunde säkert bero på att hon hann inse risken med uppdraget de skulle utföra. Det var skillnad mot nyligen, då hon utan förvarning och betänketid fått jaga ifatt en gärningsman och sedermera skjuta honom. Visst borde det vara positivt med mental förberedelse, men i det här fallet kände hon sig bara nervös och tvekade på sin förmåga att klara av den.

En bidragande orsak trodde Leila kunde vara, att hon visste med sig att hon haft en jäkla tur de senaste gångerna. De hon konfronterats med hittills, var alla män och grova förbrytare med en diger meritlista. Hon själv däremot var tämligen nyutbildad och oerfaren vilket inte gick att bortse ifrån.

Det var ändå den insikten som till slut fick Leila att försöka fullfölja arbetsuppgiften på absolut bästa sätt. Att vara ödmjuk inför fakta som påvisade att hon inte var osårbar eller någon som aldrig kunde göra fel, gav henne efter en stunds funderande en slags styrka som var lugnande.

- - - - -

Kapitel 6

Redan när Scotten vaknade på fredagsmorgonen, bestämde han sig för att inte dricka någon alkohol på hela helgen. Visserligen hade han inte något emot att låta sig avtrubbas av sprit ibland, men som läget var nu, kändes det som om det inte var läge för det.

Så länge Assar inte var oskadliggjord, gällde det att kunna försvara sig och Lisa alla timmar på dygnet. Just att aldrig kunna slappna av bara för att man inte visste vad Assar tänkte hitta på, var jobbigt i längden. Ludvig hade lovat att hjälpa till med att fimpa honom, vilket var positivt. På samma gång visste Scotten inte om Assar hade en massa folk som var redo att hjälpa honom, eller om han var ensam.

Det hela fick, som även Lisa hade sagt, gärna ta slut snart. Scotten kände inte att han kunde koppla av varken hemma, på jobbet eller när han var ute. Till och med nattsömnen var orolig och han hade blivit riktigt lättväckt på sistone.

Enda fördelen han kom på var att tiden bara rusade fram, särskilt på jobbet. Vid förmiddagsrasten blev han lite orolig över att han knappt kom ihåg att han cyklat till Allsvets AB på morgonen. När han tittade i kylskåpet om han verkligen haft med sig smörgåsar till fikat, så blev han osäker på om han över huvud taget haft med några hemifrån. Men turligt nog så låg de där, prydligt paketerade tillsammans med matlådan han plockat fram från frysen igår kväll. Det var som om allt gick automatiskt och han hoppades att han även instinktivt skulle kunna försvara sig om Assar gjorde ett nytt angrepp.

Någon minut innan rasten var slut, märkte han att han fick ett textmeddelande. Han stelnade till när han fick se att det var från Lisa, för han blev rädd att det hänt henne något när hon gått till sitt arbete. När han läst det blev han dock genast lugn, för hon hade bara undrat om han kunde passa på och handla lite till en sallad när han slutat. Innan hon gick till klädbutiken hade hon hunnit göra ett par pajer som hon tänkte att Ebba och Ludvig också skulle kunna komma och käka framåt tjugo. Tidsmässigt skulle det helt klart fungera, för bion som tjejerna skulle gå på, började inte förrän klockan tio på kvällen. Bra tid för Ludvig och mig att leta efter Assar, tänkte Scotten och lade in en påminnelse på sin mobiltelefon att han skulle handla efter jobbet.

- - - - -

När Leila kom in i trapphuset till trevåningskåken där de skulle leta efter rånarna, kände hon att hon var alldeles för varmt klädd. Mössa och halsduk åkte snabbt av, men varför hon tagit på sig underställ och fleecetröja när de skulle vara inomhus det mesta, förstod hon inte nu. Även den skottsäkra västen med extra plåtar i, var något som absolut inte släppte ut något utav kroppsvärmen, vilket inte kom som en nyhet för henne. Trots det så hade hon av någon anledning inte ägnat det en tanke när hon klätt på sig.

Det som möjligen kunde rädda Leila från att bli precis genomsvett var, att hundförare Ohlsson gick först och han var på grund av sin övervikt en person som inte rörde sig snabbt. Även om Chapman fick upp ett spår och drog så mycket han orkade, stod Ohlsson stadigt kvar tack vare sin kroppstyngd.

-Det här kommer att ta tid, viskade Jesper till henne när de kommit till första lägenhetsdörren.

Leila nickade instämmande medan hennes chef ringde på.

En stund senare öppnade en man i sjuttioårsåldern och Jesper förklarade deras ärende. Eftersom Chapman inte markerade att där fanns något intressant, frågades bara mannen ut om han gjort några iakttagelser som kunde leda till att gärningsmännen greps.

Så var inte fallet, så de fortsatte vidare, tyvärr med samma resultat. På två ställen var det ingen som öppnade, så de beslöt att besöka dem igen senare under dagen, eller försöka nå dem på telefon. Var det någon de inte fick kontakt med, så hade de lagen på sin sida att gå in i en lägenhet ändå, med hjälp av vaktmästarens nycklar. Detta var tillåtet i synnerliga skäl, som när man misstänkte att någon obehörig befann sig därinne. Om Chapman visade att han kände lukt av exempelvis ett lik genom brevinkastet, så kunde det vara ett sådant tillfälle, annars drog man sig i det längsta för att gå in hos någon om ingen var hemma.

-Nu är det väl ändå dags för mat, klockan är ju halvtolv, sade Leila medan hennes mage knorrade.

-Ja okej, visst kan det vara läge för det. Efter lunch tar vi vindsutrymmena, svarade Jesper.

-Vill du också med och äta lunchbuffè, Ohlsson? frågade Leila.

-Nej tack, på fredagar äter jag ofta hos lilla mamma, svarade han medan de började gå ner för trapporna.

55

-Det är perfekt när man kan komma ifrån lite före tolv och slippa alla långa köer, utbrast Leila och höll upp dörren till restaurangen åt sin chef.

-Jo men visst, det har sina fördelar. En är ju att man då blir färdig tidigare och kan komma ut och ta en promenad på lunchrasten, svarade Jesper.

-Nu ska det bli gott med mat för jag är vrålhungrig! sade Leila som låtsades att hon inte hört vad hennes chef nyligen sagt om att ut och gå. Att stimma runt och motionera på sin lunchrast och få håll samt kanske bli svettig! Det var inget som tilltalade henne när man istället kunde sitta och avnjuta en god efterrätt ovanpå buffén. Dessutom hade de ju inget stillasittande arbete heller för den delen, tänkte Leila medan hon blippade över betalningen för två dagens rätt.

-Då är vi snart lediga, vad ska Petter och du göra för trevligt till måndag? frågade Jesper när de satt sig.

-Min pojkvän är krasslig och har nog feber tror jag. Förhoppningsvis blir han frisk snart, men vi får nog i vilket fall som helst ta det ganska lugnt i helgen, svarade Leila.

-Det var ju inget vidare. Själv har jag tänkt räfsa upp alla löv i trädgården imorgon, för till kvällen var det visst regn på gång, sade Jesper.

-Men har du inte sett på prognosen att det kommer stormvindar i nästa vecka? Då blåser de ju bort utan att du behöver anstränga dig, föreslog Leila med en undrande blick.

-Jag får väl se hur jag gör. Faktum är att jag tycker om att greja lite utomhus, för då kan man rensa sina tankar. Dessutom mår man så bra efteråt, svarade Jesper.

-Jag vet vad jag hade gjort i alla fall. Jösses, är det bara en kvart kvar tills Ohlsson och vi ska jobba igen! Då får jag lägga på ett kol, sade Leila efter att ha tittat på väggklockan.

-Jag har aldrig varit med om att Ohlsson har kommit i tid förr, så du behöver nog inte jäkta. Jag hoppas vi hinner beta av ett hus till när vi kollat vinden innan vi tar helgledigt, svarade Jesper.

-Just vindsutrymmen är ju lite skumma som du påpekade förut. Där finns ju alla möjligheter att ligga och trycka helt obemärkt, sade Leila.

-Visst är det så. Generellt går folk upp dit bara några gånger om året. Många har sin plastgran och annat julkrafs däruppe, samt en massa påskpynt. Det är ju inte riktigt tid för något av det så här års. Hittar vi dem kan det mycket väl vara på just en vind, svarade Jesper eftertänksamt.

- - - - -

Helt obemärkt lyckades Assar gå igenom kassan utan att betala. Mycket tack vare att betalkortet krånglat för en person som stod före i kön. Tillbaka i sin skåpbil åt han upp det han fått med sig och mådde därmed riktigt skapligt. Trots att det var så lite kvar i bränsletanken, startade han sedan för att förflytta sig till utkanten av stan.

Plötsligt när han kommit en bit och just skulle passera en bensinstation, fick han en snilleblixt. Där såg han en bil som förmodligen fjärrlåstes, för alla blinkers lyste ett par gånger. Bilägaren gick in mot stationen efter att hon satt i pumphandtaget i sin bil för att tanka. Assar såg sin chans att få sin biltank fylld utan att behöva betala och svängde in på mackområdet direkt. Efter att snabbt parkerat på andra sidan pumpen, lyfte han ut slangen från kvinnans bil och satte den i sin skåpbils påfyllningshål istället. Med lite tur dröjde det tillräckligt länge innan hon kom ut igen, tänkte Assar. Om inte, fick det väl bli någon form av avledning. Antingen kanske hon köpte ett tvättprogram eller en kaffe med bulle som de gjorde reklam för på stora skyltar, spekulerade han vidare. Genom att knuffa till kvinnan så att hon spillde kaffet på sig, borde det gå att distrahera henne tillräckligt. Hans reservplaner behövde dock aldrig sättas i verket, för innan hon kom ut hade pumpen slagit ifrån. Prydligt satte han tillbaka pumpmunstycket i kvinnans bil innan han åkte därifrån.

I sin backspegel såg han henne komma ut med en mugg i ena handen och en kasse i den andra, för hon hade troligtvis passat på att handla.

Nöjd tittade han ner på mätaren som visade att bränsletanken var full medan han garvade åt kvinnans tanknota. Vid närmare eftertanke slog det Assar att det faktiskt inte ens var säkert att hon skulle märka att det blev ettusentvåhundra kronor dyrare.

-Det där kan jag göra fler gånger, tänkte han leende.

Efter ett par kilometers körning hittade han en lämplig uppställningsplats för natten. Att där saknades gatubelysning tyckte han närmast var en fördel, för då var det troligtvis inte någon som reflekterade över att han parkerat där. Visserligen visste han att även biltjuvar drog sig till sådana här platser, men det var egentligen inget han oroade sig för. Tack vare sitt skjutvapen ansåg han sig säker och antog att han skulle få ha sina saker ifred. På sitt gasolkök som han hade i skåpbilen kokade han vatten för att göra lite pulverkaffe. Varm dryck och en tramadol ,så kan jag lägga mig och sova sedan, tänkte han.

-Om en vecka ska jag ta livet av Scotten för då borde jag vara skapligt fysikt återställd, sade Assar bestämt till sig själv, innan han slöt sina ögon.

- - - - -

Förväntansfull satte sig Scotten på cykeln för att åka och handla efter jobbet. En skön helg väntade med en ganska god förhoppning om att hitta Assar och göra honom till historia. Eftersom han tog en annan väg från jobbet än han brukade, kände han sig hyggligt trygg i att inte bli överfallen av Assar. Väl inne i matbutiken, tog han fram inköpslistan som Lisa skickat över till honom tidigare. I kassakön hamnade han till sin förvåning bakom Leila.

-Hej Leila, har du också slutat för dagen? undrade Scotten.

-Ja, det har jag och nu ska jag inte jobba förrän på måndag, svarade hon medan hon föste fram sin varukorg en bit med foten.

-Det är ett par saker jag vill fråga dig om, men det kanske inte är så lämpligt just här. Kanske vi kan snacka lite när vi kommer ut, föreslog Scotten.

-En god idé, så kan vi göra, svarade Leila och började plocka upp varorna på bandet.

-Perfekt, då väntar du på mig, svarade han.

-Satfläsk! nu glömde jag köpa äpplen och jag orkar inte gå in igen, sade hon till Scotten när han kom ut till sin cykel.

-Det har jag nog en bra lösning på, sade Scotten och började gå.

-Det finns väl ingen fruktaffär häråt och torghandel är ju bara på onsdagar och lördagar, svarade Leila och följde efter.

-Ser du trädet där, vad jag vet så får man ta äpplen som hänger ut över trottoaren, fortsatte Scotten och pekade.

-Jösses vad mycket frukt! Men jag tror de sitter för högt för att jag ska nå dem, svarade Leila.

-Jag räcker nog tillräckligt många, håll upp en kasse bara, sade Scotten och började ta ner dem.

-Ska jag fylla på äpplen i dina matkassar med? för nu har jag så att det räcker, undrade Leila.

-Ja, du kan lägga i femton till tjugo stycken för det är alltid gott att ha. Spara två som är fina så kan vi gå och äta när vi pratar, föreslog Scotten.

-Sådär, nu behöver du inte ta fler för nu är det fullt. Helt klart är att vi kommer att få leda cyklarna hem. Enda problemet är att jag skulle behöva dela äpplet jag ska äta nu för det är så stort, sade Leila medan hon desperat försökte klyva det med sina händer.

-Här har jag något som går att dela med, svarade Scotten och tog fram sin stilett.

-Oops, den där får du inte gå omkring med, det vet du väl! utbrast Leila.

-Det är ju bara en fruktkniv som är lite speciell, jag kan hjälpa dig att dela, svarade Scotten urskuldande. Så här i efterhand insåg han hur korkat det var att ta fram sin stilett och visa den för en polis.

-Ja okej, jag har inte sett den där, sade Leila.

-Varsågod, eller du kanske vill ha mindre bitar ändå,

undrade Scotten.

-De där blir lagom, svarade hon och tog en stor bit i munnen samtidigt som hon undrade vad han ville fråga om.

Plötsligt satte hon äppelbiten i halsen och kunde inte andas längre!

Leila böjde sig framåt och tog sig för halsen samtidigt som hon försökte hosta, dock utan att lyckas!

Instinktivt gjorde Scotten fyra slag i ryggen på henne utan resultat. Först efter att han tillämpat Heimlich manöver, flög äppelbiten ut och hon kunde börja andas igen.

-Känns det okej nu? frågade Scotten när han såg att hon började bli kontaktbar.

-Jäklar, jag var säker på att jag skulle dö! Tack för att du räddade livet på mig, sade Leila medan tårarna rann längs hennes kinder.

-Ah skitsnack, det var väl inte så märkvärdigt. Det där hade väl vem som helst kunnat hjälpa dig med, svarade Scotten.

-Jag är övertygad om att det inte finns en på hundra som hade lyckats få fria luftvägar på mig i det här läget, för så hårt satt den. Du har räddat livet på mig och det kommer jag aldrig glömma, sade hon bestämt och kramade om honom hårt.

-Ge dig nu, tänk om någon ser att vi står och hånglar! Nu följer jag med dig till din ytterrdörr så får du säga lite mer vad du vet om Assar, sade Scotten och log.

- - - - -

Kapitel 7

När Lisa slutat arbeta, tog hon fram sin mobiltelefon och skickade ett sms till Scotten.
"Hej älskling! Jag får skjuts av en kompis hem, kom ihåg att köpa sallad!" skrev hon. Till svar kom en glad smiley, så hon antog att Scotten redan handlat och var på väg hem han också. Så fort hon kom innanför dörren, dukade hon vid matgruppen och ställde in ett par cider i kylskåpet, för nu i slutet på veckan fick de plats där.
När det var klart tog hon fram kläder som hon fått på sitt arbete tidigare i veckan. Dem tänkte hon ta på sig till kvällen, för det var bra om hon kunde lämna ett utlåtande om dem inom en vecka. Det hände ganska ofta att personalen fick testa kläder själva ett tag, som leverantörer ville sälja in. På så sätt visste butikschefen sedan om det var läge för att beställa ett större parti med mer rabatt utan att få en kalldusch av att de kanske krympte i tvätten, blev noppriga eller sprack i sömmarna. Ebba och Ludvig skulle dyka upp lite efter åtta, så hon hade drygt en timme på sig att göra sig i ordning, vilket hon generellt sett tyckte var i minsta laget. Hon kände att hon helst hade velat äta något direkt för hon började bli riktigt hungrig, men stålsatte sig att vänta tills de kom. Härligt att pajerna är färdiga så pass att det bara är att värma dem i ugnen sedan, tänkte Lisa innan hon hoppade in i duschen.
-Nu är jag hemma, ska jag göra en grönsallad? undrade Scotten när han kom innanför dörren.
-Javisst, det får du gärna. Jag köpte med en ny tröja till

dig i grannbutiken som du kan ha på dig om du vill, svarade Lisa som precis stängt av kranen.

-Okej, tack! Jag fixar grönsakerna innan jag också tar en dusch, så du behöver inte skrapa bort vattnet på golvet, fortsatte Scotten medan han tog av sig ytterkläderna.

-Vad bra, svarade hon och började torka sig.

-Hjälper det att hänga en doftgran runt svansen på Knasen eller vad tror du? Som han stinker går det ju inte att ha honom inomhus annars, frågade Scotten medan han blängde på katten som tiggde om mat i köket.

-Det blir bättre om han bara får torrfoder framöver, det lovar jag, svarade Lisa medan hon torkade sig.

-Man kan ju alltid hoppas, muttrade Scotten till svar och började skölja ingredienserna.

-Du kan lägga allt i glasskålen jag ställt fram på bordet, ropade Lisa från hallen. På sin klocka såg hon att det bara dröjde en halvtimme innan de kom, så hon gick och satte på ugnen och skyndade sig att dra på kläderna.

- - - - -

-Vad bra att tåget inte var försenat mer än en kvart idag, det är väl rekord! utbrast Ludvig och gav Ebba en kyss när hon just stigit av.

-Hej älskling, vad jag har saknat dig! Javisst passade det bra att tåget nästan var i tid, särskilt när vi ska till Lisa och Scotten ikväll. Hoppas vi hinner göra oss iordning till åttatiden, svarade Ebba.

-Det borde vi göra. Jag har redan bytt om och vi kan ta bilen sedan med, så tjänar vi några minuter. Det tog bara tio minuter för mig att duscha och byta kläder, är du inte långsammare så hinner vi lätt, sade Ludvig ironiskt.

-Du vet att jag helst vill ha ett par timmar på mig, men

jag ska skynda mig så gott det går, svarade Ebba medan hon satte sig i bilen.

-Jag skulle behöva hjälp med att skicka in en ansökan till polisskolan, helst innan måndag, sade Ludvig.

-Det kan vi ordna i morgon förmiddag. Numer vill en del utbildningsplatser att man bifogar filer på vad man har pluggat för något, men det löser sig, svarade Ebba lugnande.

-Scotten och jag åker runt och spanar efter Assar ikväll medan du och Lisa ser på film, så för oss blir det nyktert. Vill ni dela på en flaska vin innan bion tror du? undrade Ludvig.

-Det var ingen dum idé, skulle sitta perfekt till pajerna hon bjuder på! Har vi någon flaska rött kvar från utlandsresan då? frågade Ebba.

-Jag har sett att det finns två flaskor kvar, så det är lugnt, svarade Ludvig.

-Den där tröjan kan du väl inte ha på dig ikväll, dels är den ju trasig och dessutom är det ju en stor fläck på den, utbrast Ebba när hon såg vad Ludvig tagit på sig.

-Är väl inte så noga, det sitter inte i kläderna har jag hört någon säga. Om det ska vara riktigt petigt får jag ta en skjorta över så syns inte fläcken, svarade han.

-Ja, gör åtminstone det! Imorgon är det du som följer med mig och handlar nya kläder till dig! Det du har som är trasigt och fläckigt kan vi slänga, fortsatte Ebba bestämt.

-Det låter som om det kommer bli en dyr helg, muttrade Ludvig medan han letade efter en skaplig skjorta i garderoben.

-Du får slå ut det på tio år, för jag antar att det är så

länge sedan du köpte nya kläder senast. Har du tur kanske det är realisation och då kan du faktiskt få en del för några tusen, sade hon retsamt.

-Några tusen! det är ju en hel förmögenhet! sade Ludvig.

-De pengarna har du som sagt sparat in under minst tio år. Tänk på att du måste klä dig hyggligt om du ska bli polis med, då kan du inte se ut som en luffare, fortsatte hon.

-Jag ställer fram en flaska rödvin i hallen så att vi inte glömmer den, sade Ludvig, mest för att byta samtalsämne.

-Titta om vi har någon snygg påse till flaskan bland bärkassarna. Vi kan ju inte komma med den sådär, fortsatte Ebba.

-Nu får du ge dig, det ser töntigt ut med en sån där vinpåse! Jag tar flaskan i innerfickan på min jacka så har vi löst det, svarade Ludvig som inte riktigt kunde släppa att han förmodligen skulle bli tvungen att vräka ut en massa pengar på kläder under lördagen.

-Okej, gör det då. Sedan vill jag att ni är försiktiga om ni hittar Assar. Se till att tipsa polisen om ni ser honom istället för att göra något dumt! Tänk på att du ska bli polis, sade Ebba.

-Jag vet att det är läge för att handla försiktigt. Du behöver inte vara orolig, Scotten och jag tänker inte göra något som kan få oss att hamna i trubbel, svarade Ludvig med en så ärlig blick som han kunde. Inom sig tyckte han att det i alla fall var en halv sanning han kommit med. Även om de tänkte ta livet av aset, så skulle det ske utan att någon kunde misstänka att det var han och Scotten som låg bakom.

-Så där, då är jag nästan färdig! Jag ska bara fixa håret, sminka mig och sedan ta på kläderna. Vad är klockan förresten? frågade Ebba.

-Halvåtta, ska jag skriva att vi kommer lite senare? undrade Ludvig.

-Nej, jag är snart klar, sa jag ju! Jäkta mig inte för då tar det bara längre tid, svarade Ebba innan hon satte på fönen för att försöka få sitt långa hår torrt.

- - - - -

Utvilad vaknade Assar till ljudet av att bränslevärmaren gick igång. Det var precis lagom varmt och han njöt av att inte känna någon smärta överhuvudtaget, varken i axeln eller skallen. Visst kändes det lite stelt och det var lite som att kroppen inte lydde, men värken var i alla fall obetydlig, vilket kändes som det viktigaste just nu. När han satte sig upp, såg han att det var precis mörkt ute. För att kvickna till, tog han fram en bit choklad att sätta tänderna i. Även den hade slunkit med när han var i matbutiken och han log lite när han tänkte tillbaka på tillfället när han tagit den. Det hade funnits stora förpackningar som innehöll ljus choklad med nötter. Strax intill hade ren mörk med nittio procent kakao legat och det var en sådan han snott med sig efter lite velande. Någon gång hade han läst eller hört att den senare var mycket bättre för hälsan men att den inte alls vara lika söt och god. För Assar kändes det hela som väldigt ironiskt att han överhuvudtaget brytt sig om vilken choklad som var nyttigast och samtidigt tryckte i sig en massa värktabletter och sprit så fort som tillfälle gavs.

Redan efter första tuggan ångrade han sitt val, och

insåg direkt att han borde tagit den med nötter i. För att få bort den bittra smaken, värmde han på vatten till pulverkaffet som han antog skulle vara lösningen på problemet. En stund senare när drycken var färdig, gladdes han åt att han kommit på idèn med kaffe, för på en gång smakade det bättre. Först en bit choklad och sedan en klunk kaffe, så kändes det hela rätt okej. Av koffeinet blev han direkt ganska pigg, och kände sig sugen på att gå en promenad. Om det bara var drycken eller om det var tramadolen som fortfarande verkade visste han inte, men beslutade sig ändå för att gå en sväng och samtidigt försöka göra lite uppmjukande rörelser med kroppen.

Assar anade att det skulle vara gråkallt, så innan han gick tog han på sig en extra rock för inte frysa.

Efter ett par hundra meter tackade han sig själv för att han gjort det, för det kändes riktigt skönt att vara ute med extrakläderna på sig. Området han vandrade fram i var precis folktomt och det var ganska långt mellan lyktstolparna.

För att även hålla händerna varma, stoppade han ner dem i fickorna och passade på att kontrollera att pistolen låg kvar där. Vapnet var laddat med sex kulor och han hade mer ammunition i skåpbilen. Försiktigt började Assar jogga för att se om han klarade av det. Skorna var perfekta, för de fjädrade lagom samtidigt som de gav bra stöd för fötterna. Dock var de inte avsedda att användas vintertid, så snart måste han införskaffa några som var vattentåliga och lite grövre. Till sin glädje gick det bra och han slogs av att konditionen var helt okej, trots att han inte rört på sig speciellt mycket den sista tiden.

Försiktigt drog han upp axlarna och böjde på nacken lite för att kontrolllera om stelheten satt i. Visst kändes det lite stramt, men det var inte värre än att han beslutade sig för att försöka göra lite armhävningar inne i skåpbilen när han kom tillbaka till den.

För att inte bli svettig slutade han springa och gick istället tillbaka.

Några sådana här pass om dagen, så är jag snart helt återställd, tänkte Assar nöjt när han klev in i sin van igen.

- - - - -

-Vad skönt att du orkar vara uppe, sade Leila när hon kom innanför dörren.

-Ja, det verkar som om smörjan ger sig lika fort som den kom. Visst är jag lite matt än, men det kan bero på att jag inte ätit så mycket. Ska jag hjälpa dig att packa upp det du har handlat? frågade Petter.

-Ja, det kan du gärna få göra om du vill. Kassarna är tunga för det ligger en massa äpplen bland övriga varor, svarade Leila medan hon tog av sig sina skor.

-Det var väldigt vad mycket frukt, tycker du att jag ska koka kräm på en del? undrade han.

-Det kan jag göra så att du inte tar ut dig. Ett sådant där jäkla äpple höll på att kosta mig livet, för jag satte en stor bit i halsen, fortsatte hon.

-Usch, så hemskt! Fick du hjälp att få bort den eller lyckades du själv? frågade Petter.

-Scotten var turligt nog på plats och fick bort biten. Det var bland det värsta jag varit med om! fortsatte Leila samtidigt som hon fortfarande kände obehag i sin hals.

-Det är inte utan att man då påminns om hur jäkla

sårbart livet är, när något sådant här händer. På ett ögonblick kan ju allt vända, bara för en sådan banal sak som ett äpple, eller något annat! Ibland tar man nog det mesta för givet att det ska gå bra. Jag är så tacksam för att det gick fint och att du är här hos mig nu, sade Petter och kramade om Leila.

-Det har du alldeles rätt i, svarade hon lite frånvarande.

-Det är precis som om du just kommit på något, vill du berätta vad det är? frågade Petter.

-Äsch, det är bara en grej på jobbet som jag inte kan släppa riktigt. Förmodligen helt oväsentligt, så jag ska försöka tränga bort det till måndag morgon, svarade Leila och skakade lite på sitt huvud.

-Annars vet du att du kan snacka med mig om det är något som tynger, fortsatte Petter.

-Jag vet och det är jag glad för. Men som sagt, det är bara en sak som borde räcka om jag kontrollerar när jag börjar jobba igen. Är det förresten något att se på TV ikväll, eller vad tycker du att vi ska hitta på? undrade Leila, mest för att byta samtalsämne.

-Jag har inte sett vad det är, men det går ju alltid att titta på en film. Det verkar så ruggigt ute att jag inte vill gå till en biograf. Helst håller jag mig inomhus tills jag känner mig helt frisk, fortsatte han.

-Under tiden jag gör äppelkräm kan du se om det finns någon film du tycker passar på Netflix, svarade Leila och satte på en stor kastrull med vatten på spisen.

-Menar du att du nöjer dig med kräm en fredagskväll? jag trodde du ville ha något mer festligt när du för en gångs skull är ledig en hel helg, sade Petter.

-Jag åt rejält till lunch idag, så jag tror jag klarar mig utan något exra ikväll. Om jag ändrar mig, så har jag faktiskt köpt hem ett par stora pizzor och lagt i frysen, förklarade Leila och började skala äpplena.

-Jag försöker hitta något sevärt så länge. Är det någon speciell genre du tycker är lämplig, eller kan jag ta vad som helst? undrade Petter medan han gick till vardagsrummet där TV:n stod.

-På samma gång som jag vill se något spännande så vill jag absolut inte titta på någon kriminalfilm eller deckare. Kan du hitta något annat, som är spännande ändå? Annars är risken stor för att jag somnar, svarade Leila.

-Kanske en western-film skulle passa, jag kollar vad som finns, svarade Petter.

Under tiden skar Leila små klyftor och lade ner dem vart efter i vattnet som just börjat sjuda.

Tankarna återkom ideligen till det som utspelat sig på vindsplanet alldeles innan arbetsdagen var slut.

Om Chapman plötsligt blivit sjuk eller varför han vägrat spåra där, var en gåta som varken Ohlsson, Jesper eller hon hade svaret på.

Med stor sannolikhet berodde det på att hunden ätit något olämpligt, för en kort stund senare hade han kräkts. Då var tyvärr klockan så mycket att de var tvungna att avsluta letandet, annars hade Leila helst försökt undersöka vinden igen.

Förmodligen var det bara inbillning från hennes sida att där fanns något, men hon kunde inte sluta tänka på motsatsen.

- - - - -

Kapitel 8

Runt halvnio kom Ludvig och Ebba till Lisa och Scotten. Att tiden runnit iväg lite var i vart fall smakmässigt en fördel, för pajen hade hunnit svalna lite och tjejernas vin hade även den nått sin idealtemperatur.

-Vi släpper av er vid Biostaden, så får ni ringa sedan när vi ska hämta er, sade Ludvig när de en stund senare lämnade bostaden.

-Vi kanske skulle passa på och ta en sväng på krogen när filmen är slut, föreslog Lisa som kände sig lite yr efter vinflaskan de delat på.

-Jag vet att jag låter tråkig om jag säger att det är tveksamt om jag orkar, men vi får se. Om inte annat så kanske vi kan gå till något trevligt ställe imorgon. Ikväll känner jag mig nämligen helt slut för det har varit mycket pluggande den här veckan, men får jag sova ut i morgon förmiddag så är jag nog tillbaka på banan igen, svarade Ebba.

-Det kan vi sikta in oss på. Jäklar, nu står det väl en halv paj kvar framme på köksbänken, sade Lisa när de satt sig i Ludvigs bil för att åka.

-Den klarar väl sig, pajen kanske jag kan ta när vi kommer hem inatt, svarade Scotten.

-Grejen är den att jag vet att Knasen älskar tonfiskpaj och han lär inte lämna en smula kvar till dig. Dessutom är jag rädd för att han får ont i sin lilla mage om han äter upp allt, sade Lisa oroligt.

-Du menar inte att katten först tänker äta upp min paj och sedan släppa suringar hela natten på min kudde! Du sade ju att han bara skulle äta torrfoder i fortsättningen, svarade Scotten irriterat.

-Det är lugnt, sluta stimma! Jag har faktiskt lagt fram en ny kudde till dig, så nu har ni varsin, sade Lisa och blängde.

-Var tycker du att vi ska börja leta när vi släppt av tjejerna vid bion? frågade Ludvig för att om möjligt lätta upp den tryckta stämningen som just infunnit sig mellan Lisa och Scotten.

-En plats som ligger rätt nära och har plats för många parkerade fordon, är ju Skavsta flygplats. Visserligen kostar det väl en slant att stå där, men det kanske Assar ser som en trygghet så ingen ska leta efter honom där, svarade Scotten.

-Visst, vi kan åka dit och kolla först. Det är möjligt att även om han inte ställt sig där för natten, så kan han mycket väl vara där imorgon. Förmodligen flyttar han runt för att minimera risken för upptäckt, svarade Ludvig samtidigt som han stannade utanför Biostaden.

-Hejdå älskling, hoppas ni tycker att filmen är bra, sade Scotten i ett försök att mjuka upp den frostiga relationen med Lisa.

-Tack, svarade Lisa och gav Scotten en kyss innan hon klev ut ur bilen.

-Då drar vi ut på jakt! sade Ludvig efter att även Ebba pussat honom och sedan lämnat bilen.

-Har du med dig något tillhygge ifall vi hittar Assar? undrade Scotten.

-Nej, för jag tänker att vi först och främst ska lokalisera var han befinner sig någonstans. Skulle vi hitta honom måste jag vidta en rad åtgärder så att vi inte på något sätt kan misstänkas för att vara inblandade, svarade Ludvig.

-Det är klart att vi inte får åka dit för det här, men hur mycket är klart och vad är det mer som måste förberedas? frågade Scotten.

-Jag har sett ut en plats där vi ostört och på ett genialiskt sätt kan likvidera honom. Till hjälp kommer jag att använda min gamla jobbarbil och en hink med vatten som huvudbeståndsdelar. Det vi har kvar att ordna är något att söva honom med, gärna intravenöst. Kan du fixa en spruta med något tjack lite snabbt tror du? undrade Ludvig.

-En hink vatten säger du, har du tänkt att vi ska dränka aset? Det andra du nämnde, en spruta med heroin tror jag är lämpligast, det kan jag ordna på nolltid. Det är bara för oss att åka till järnvägsstationen så känner jag folk där som jag kan handla av på fem minuter, fortsatte Scotten.

-Hehe, vattnet i hinken skall jag använda till något helt annat. Till vad får du se så småningom, svarade Ludvig samtidigt som han svängde av E4:an för att åka mot flygplatsen.

-Om jag förstått rätt, så tänker du att vi ska söva Assar så pass att vi hinner därifrån en stund innan han dödas. Allt med någon slags fördröjning där din vattenhink och jobbarbil kommer in i bilden. Det måste ju innebära att det erfordras att vi kan skaffa oss ett helt vattentätt alibi för tiden när han omkommer. För det räcker väl inte bara med att vi inte är på platsen? spekulerade Scotten.

-Min tanke är att vi ska ta oss till en nattöppen pub där vi kanske kan ta varsin öl och spela lite biljard under tiden.

Kan vi få bartendern och övriga gäster att intyga att vi varit där hela tiden kan de aldrig fälla oss för mord. Förresten, det kan tänkas att jag behöver något vasst för att ta sönder hinken när det är dags, har du det? frågade Ludvig.

-Jag bär numer alltid en stilett på mig som går att använda till det mesta. Den är vår livförsäkring om Assar anfaller oss ikväll bland annat, svarade Scotten.

-Det där var en rejäl sak! utbrast Ludvig när Scotten höll fram stiletten för att visa den.

-Du kan väl parkera på korttidsparkeringen cär framme så kan vi gå och leta, föreslog Scotten när de kom fram.

-Ja, det kan vara en god idè. Redan nu ser jag några skåpbilar, vi får kontrollera om det är någon av dem, sade Ludvig.

-Visst, det är nog bra om vi inte går precis tillsammans, utan kanske med en tio meter emellan oss. Det är bara att räkna med att här finns övervakningskameror. Ta på dig en keps du med så att du skyler ansiktet som jag, fortsatte Scotten.

-Det har du förmodligen alldeles rätt i. Drar man dessutom upp kragen så mycket det går och kapuschongen över kepsen, så blir det omöjligt att identifiera oss. Med den här fuktiga kylan som råder, är det nog ingen som reagerar på att man gör allt för att slippa frysa, svarade Ludvig och låste sin Saab.

- - - - -

Krämen hann knappt svalna innan de började äta. Trots att de åt ljust bröd till, kände Leila att hon inte på långa vägar blev mätt.

-Det var gott, men jag sätter faktiskt på ugnen och

värmer på en pizza om en stund. Vill du också ha en?
undrade Leila.

-Nej tack, det är bra ändå. Äppelkrämen var precis
lagom för mig, så nu står jag mig fram till frukost. Om du
inte har något emot det, går jag och lägger mig rätt tidigt
ikväll med, för jag känner nu att jag inte är helt återställd.
Tyvärr får du nog se en film själv, svarade Petter.

-Det är fullt förståeligt att det tar ett tag innan du mår bra
igen, så utslagen som du var så sent som i morse. Om
du känner dig utvilad imorgon, kanske vi kan ta med lite
fika och åka till Femöre. Vi behöver ju inte gå en massa,
jag tycker bara att det skulle vara kul att se något annat,
föreslog Leila.

-Mår jag inte sämre så vill jag absolut att vi gör det.
Även om det är lite ruggigt ute så är det förmodligen på
samma gång uppfriskande att komma ut och få lite
havsluft. Dessutom har jag bra kläder att vara ute i, så
risken för att jag ska frysa är minimal, svarade Petter
med ett leende.

-Jag fick en idè precis nu. Visst vore det gott med en
halv kall pizza var att ta med till en termos med varm
chokladdryck imorgon! Tycker du det, kan jag göra en
extra färdig i ugnen ikväll, sade Leila.

-Lite god fika är ju aldrig fel om man är utomhus, så vi
kör på det, svarade Petter och gick till badrummet för att
borsta sina tänder.

-Jag kollar nog på en film ikväll med då, för går jag och
lägger mig redan, så kommer jag antagligen vakna mitt i
natten och känna mig utsövd. Visserligen har det varit
en ganska påfrestande vecka, men jag måste varva ner
lite i lugn och ro, sade Leila medan hon sköljde av

tallrikarna som det varit kräm i.

-Visst, gör gärna det. Vi behöver väl inte sätta något larm till i morgon antar jag, det märks väl när vi kommer iväg, fortsatte Petter sluddrande med munnen full av tandkräm.

-Nej, inget larm tack. Är vi vid havet först framåt elva, så borde höstsolen hunnit fram och gett lite värme, svarade Leila.

-Godnatt älskling, sade Petter.

-Sov gott, jag älskar dig, svarade Leila samtidigt som hon ställde äggklockan att ringa om tjugofem minuter.

- - - - -

Nästan en timme hade gått, när alla parkerade skåpbilar som stod spridda på flygplatsparkeringen var kontrollerade. Det hade inte gett något napp, men ett par hade sett väldigt misstänkta ut. Detta gjorde att de tyckte det var skönt att sätta sig i Ludvigs bil igen efter nervspänningen.

-Vi hinner väl med att söka av en plats till innan tjejerna ringer och säger att filmen är slut, ska vi satsa på parkeringen vid sjukhuset? frågade Scotten.

-Det kan vi göra, där vet jag att det brukar finnas många fordon även vid den här tiden. Imorgon natt betar vi av några industriområden, men då ska jag ha vantar med mig.Tänk om man ändå hade haft rattvärme så man slapp att frysa så förbannat om fingrarna! fortsatte Ludvig.

-Jag ska köpa en rattmuff i fårskinn till dig imorgon, det lovar jag. Det är nästan lika bra med en sådan tror jag, svarade Scotten och log.

-Det är inte utan att man längtar tillbaka till Mallis, tänk så varmt och skönt det var där! Där behöver man fasen inte ha någon rattmuff i fårskinn på ratten! svarade Ludvig.

-Visst var det fint där, men vad jag har förstått så är det inget toppenväder där hela vintern. Bättre än Sverige, men knappast så att man vill slänga sig i havet framåt nyår precis, fortsatte Scotten.

-Den här parkeringen kan vi nog bara åka igenom för att se om Assar finns här, föreslog Ludvig när de närmade sig sjukhuset.

-Där framme ser jag en sådan skåpbil som han färdades i senast! Som det ser ut verkar det vara minst en person till i den, sade Scotten.

-Jag kan parkera här, så väntar vi tills han kliver ur eller i värsta fall åker iväg. Kör de får vi väl tillkalla polisen, men det vore ju en fördel om vi var säkra på att Assar var en av dem, svarade Ludvig.

-Typiskt med, nu skriver Lisa att filmen är slut och att de gärna vill bli hämtade. Vad gör vi, ska vi verkligen behöva åka härifrån och riskera att missa Assar? undrade Scotten.

-Vi väntar lite till, för jag ser att föraren just öppnade sin dörr. Förhoppningsvis ser vi snart om det är han, svarade Ludvig.

- - - - -

Pizzorna som nygräddade precis kommit från ugnen doftade underbart. För att förgylla dem lite extra, hade Leila lagt på en skivad banan och ett knippe urkärnade oliver efter ungefär halva tiden. Tack vare att det var fredag kväll, tyckte Leila att hon mycket väl kunde unna sig något gott att dricka till. Det fick bli en burk starköl från kylskåpet som hon hällde upp i en stor sejdel. Hon tog med sig pizzatallriken och ölen in till soffan, för att kunna se en film samtidigt.

På sexan började en komedi tio minuter senare som såg lovande ut, så hon beslöt sig för att se den istället för en hyrfilm. Redan vid första reklamavbrottet hade hon insett att den inte alls var speciellt bra.

Lite uttråkad men hyggligt mätt, gick hon för att borsta sina tänder och sedan gå och lägga sig.

Innan hon somnade kom tankarna tillbaka på varför spårhunden velat avbryta sökandet när de kommit till vindsvåningen.

Mitt i natten väcktes både Petter och Leila av att hennes mobiltelefon ringde! Till allt elände låg den kvar i hallen, så hon fick gå upp för att svara.

Det visade sig vara en överförfriskad person som ringt fel. Med hasande steg gick Leila uppretad tillbaka till sängen för att sova vidare, vilket visade sig vara nästan omöjligt. Tankarna for åt alla håll och hon hade väldigt svårt för att komma till ro. Efter en lång stund fokuserade Leila och drog sig till minnes att man i sådana här lägen skulle försöka tänka på något riktigt positivt. Det första som föll inom de ramarna, var utflykten till Femöre som Petter och hon skulle göra på lördagen. Inte minst pizzan hon sparat tills dess var en höjdpunkt att se fram emot. Det fanns ju också möjlighet att förgylla stunden ännu mer genom att köpa något gott på ett konditori på vägen dit, tänkte Leila leende medan hennes andetag blev allt djupare och längre.

- - - - -

Efter en hel natts sömn vaknade Assar och kände sig

lite småsugen på något. Det enda han hade i skåpbilen var en dunk vatten avsett att värma till pulverkaffet. Inte alltför långt därifrån hade han tidigare sett en livsmedelsbutik som troligtvis hade ganska generösa öppettider, så han beslöt sig för att gå dit. Förhoppningsvis hade de någon brödpåse eller kakburk till extrapris som skulle passa hans för tillfället tunna plånbok. Att stjäla grejer så här dags på morgonen trodde han inte riktigt att det var läge för. Sannolikheten att han skulle vara själv med personen i kassan inne i butiken var stor, vilket genast ökade risken för upptäckt. Dessutom var det bara att räkna med att affären var försedd med övervakningskameror som täckte varenda utrymme därinne. Detta var ytterligare ett skäl till att dra på sig rejäl mundering liksom kvällen innan för att inte riskera att bli igenkänd, spekulerade Assar vidare. Första stegen han tog när han kommit ut, verkade kunna tas utan någon större smärta någonstans i kroppen. Att han på senare tid fått smyga igång sina rörelser efter ha varit still ett tag hade fått honom att känna sig som en äkta panschis på sjuttio plus, fast han bara passerat sin tjugofemårsdag. Men idag kändes alltså kroppen lyckligtvis rätt okej, så han lovade sig själv att göra femtio armhävningar när han kom tillbaka till vanen.

Utanför jourbutiken stannade han till lite för att försöka se sin spegelbild i skyltfönstret så klart som möjligt. Med alla tjocka kläder på sig, såg han närmast ut som en uteliggare och han såg att det var hög tid att besöka en barberare igen för att raka av skägget. Möjligtvis kunde han göra det själv om han hittade vettiga rakgrejer inne i

affären som inte var för dyra. Innan han tog tag i
dörrhandtaget för att gå in, justerade han huvudbonaden
så att inte bandaget skulle synas. Det var sådana
detaljer som kunde leda till att han blev igenkänd och
sedermera greps, vilket han var fullt införstådd med.
Först såg han ingen när han kom in, men han hörde en
radio som spelade musik inifrån ett rum som
förmodligen tillhörde personalen. Nästan med en gång
hittade han rakgrejer som verkade bra, men som var på
tok för dyra. Redan när han gått in hade han sett två
kameror som täckte upp stora delar av lokalen, men det
var ändå fullt möjligt att ta grejer att raka sig med utan
att riskera att bli upptäckt. Med en flink rörelse stoppade
han hastigt på sig det han sökt och gick vidare mot
brödhyllorna samtidigt som den butiksansvarige kom
fram bakom ett draperi. Med en nickning till varandra
hälsade de medan Assar såg att det fanns butterkaka till
ett förmånligt pris.

Utan ett ord lade han fram det han ville ha på
kassabandet tillsammans med ett par tjugor att betala
med. När han kom ut tyckte han först lite synd om
affärsinnehavaren som nyligen blivit av med rakgrejer
för över hundra spänn. Ganska snart ursäktade han
dock sin stöld genom att tänka, att mannen minsann fick
skylla sig själv en hel del. Hade prylarna varit billigare
hade jag faktiskt betalat dem, tänkte Assar och garvade
för sig själv.

På väg tillbaka till skåpbilen testade han att jogga en bit
för att få upp flåset. Visst saknades det en del för att
vara i normal form igen, men efter omständigheterna var
han ändå nöjd. Under tiden kaffevattnet värmdes,

passade han på att göra armhävningarna som han lovat sig själv. När han gjort dem, kände han hur det började klia alltmer i skallen där distriktssköterskan sytt. Hon hade sagt att det var sådana stygn som inte behövde plockas bort, utan att de skulle försvinna av sig själv. Försiktigt tog han med sina fingrar i huvudet och reflekterade genast av att det var som om känseln i området var begränsad. Det var precis som att det på något obehagligt sätt var bedövat, tänkte han samtidigt som han blev alldeles svimfärdig av upplevelsen. Oron för att något var fel med honom tilltog och han lade sig ner lite för att inte tuppa av. På samma gång försökte han intala sig själv att det hela var fullt normalt och att det skulle kännas bra igen när allt hade läkt.

Efter att ha kommit till sans igen hällde han upp vattnet som börjat sjuda, i sin mugg där han lagt i ett par skedar pulverkaffe. Med stora bett åt han två tredjedelar av butterkakan som han sköljde ner med den varma och goda drycken. En tanke från belöningscentrat i hjärnan slog honom, att han egentligen borde unna sig att injicera tramadol för att slippa obehagskänslorna.

En stund senare när sprutan börjat verka, märkte han hur den välbekanta känslan infann sig.

Halvt bortdomnad började han en resa i sina flummiga tankar.

En tripp som han med all säkerhet inte skulle minnas något av i framtiden.

- - - - -

Kapitel 9

Ludvig slog upp ögonen redan före sex trots att han var ledig och inte skulle till sitt arbete. Han tyckte det var ganska typiskt, för egentligen ville han sova ut länge, särskilt nu när Ebba låg bredvid. Någon gång hade han dock hört att kroppen vande sig vid att gå upp även på helger om man hade som rutin att vakna samma tid i veckorna. Det var förmodligen det han råkat ut för, tänkte han samtidigt som han gick till köket. Att ligga kvar såg han inte som ett alternativ, för det var han alldeles för rastlös för. Inte heller att väcka sin flickvän kändes helt schysst, så han satte sig vid köksbordet och tittade på sin mobiltelefon för att se vad som hänt det senaste dygnet. Trots att han läste på nyhetssidorna, så kom tankarna på nattens händelser upp. På det hela taget hade jakten efter Assar inte gett ett skit, för ur den parkerade vita bilen som var snarlik Assars, hade det klivit ut två för dem helt okända personer.

Med lite tur kanske de hade bättre lycka ikväll när de skulle leta vidare, tänkte Ludvig medan han laddade kaffebryggaren. Under dagen skulle de sista förberedelserna göras för att kunna fullborda planen angående Assar. Om de hittade honom de närmaste dagarna eller om en vecka var egentligen oväsentligt, bara de fick agera ostört och helt utan vittnen.

Scotten hade lovat att fixa en spruta med någon drog som inte direkt tog livet av honom men samtidigt var tillräcklig för att han blev medvetslös några timmar. Själv skulle han åka till jobbet och preparera hinken han tänkte använda. Det borde bara ta någon minut, men det var ändå viktigt att det snarast blev gjort. Hela operationen hängde på att hans uppfinning gav erforderlig tid för dem att avlägsna sig från själva mordplatsen, spekulerade Ludvig vidare samtidigt som han hörde att Ebba vaknade.

-Morrn, är du redan uppstigen? ropade Ebba från sovrummet.

-Godmorgon! Ja, jag hade inte ro att ligga kvar så jag gick upp och satte på kaffe. Vil du ha frukost meddetsamma eller vill du duscha först? undrade Ludvig.

-Jag är färdig i badrummet om en kvart, sedan tar jag gärna frukost, svarade Ebba och klev upp ur sängen.

-Jag ordnar det, svarade Ludvig medan han tänkte igenom hela sin plan för att försöka komma på om den hade några brister. Det enda han var lite orolig för, var om något helt oförutsett inträffade. Om de exempelvis blev stoppade i en poliskontroll eller råkade ut för en trafikolycka, så kunde allt gå åt skogen. Risken för att detta skulle inträffa var näst intill obefintlig, men det skapade ändå en viss oro inom honom.

-När vi käkat kan jag hjälpa dig med ansökan till polisen, sade Ebba när hon satt sig vid köksbordet.

-Snällt av dig att fixa det, svarade Ludvig med viss fördröjning.

-Det lät lite tveksamt, tänker du på något speciellt? frågade hon.

-Tja, det är bara det att jag återigen blev påmind om vilken sexig tjej jag är tillsammans med, svarade Ludvig medan han böjde sig fram och kysste henne.

-Menar du att jag får dig att tänka mer på det viset när jag kommer direkt från duschen och inte hunnit göra mig iordning alls? undrade Ebba och log.

-Du är alltid fin, men helt klart är att jag föredrar när du är osminkad och ditt hår fortfarande är blött och okammat. Jag älskar dig! svarade Ludvig lite osäkert, för han var orolig för hur hon skulle reagera på hans svar.

-Det var fint sagt, viskade hon tillbaka samtidigt som det nyss knutna skärpet runt morgonrocken råkade gå upp.

- - - - -

Direkt när Lisa vaknade, tyckte hon att Scotten såg en aning bekymrad ut.

-Är du sur eller arg för något? frågade hon.

-Ja, du får ursäkta om jag är lite irriterad, men det beror inte på dig. Det är den där Assar som gått upp i rök. På samma gång som det är fullt möjligt att han rört sig långt härifrån, så befarar jag att han gömmer sig någonstans i närheten. Kanske för att samla krafter och snart slå till mot oss igen. Förresten, var du uppe och kräktes i morse, eller är det bara något som jag drömt? undrade Scotten.

-Jo, jag var tvungen att besöka badrummet en sväng. Kanske det var av godiset och popcornen som Ebba och jag käkade till filmen igår, som jag mådde illa. Det kan också berott på den stora läsken som jag drack till, men nu mår jag skapligt, svarade Lisa.

-Skönt att du mår bättre. Idag är jag sugen på engelsk frukost med bacon, ägg och hela köret! Skulle inte det vara gott, tycker du? undrade Scotten.

-Nej för tusan, ställer du dig och steker så spyr jag igen, det kan jag lova dig! Bara jag tänker på flottig mat med en massa stekos så känner jag hur illamåendet kommer tillbaka. Det är bättre om du kokar havregrynsgröt åt oss, för det mättar och så mår man dessutom bättre efteråt, sade Lisa bestämt.

-Okej älskling, svarade han med en ton som inte dolde hans besvikelse. Här hade han köpt hem mat och sett fram emot en stadig frukost och så fick han inte ens tillreda den. På samma gång försökte han sätta sig in i att det var jobbigast för Lisa om hon skulle behöva må illa för hans skull.

-Visst gick det väl bra inatt när du och Knasen slapp ligga på samma kudde, sade Lisa medan hon ställde fram tallrikar på bordet.

-Jo, det gick onekligen bättre. Hur gick det förresten med min paj, kan jag ta det som blev över igår kväll till frukost eller åt katten upp allt? frågade han.

-Tyvärr verkar det som att han käkade upp alltihop. Stackaren har nog ont i magen idag, fortsatte Lisa.

-Det får vi verkligen hoppas att han har, svarade Scotten tyst samtidigt som han rörde om i grötkastrullen.

-Jag hörde inte vad du sade älskling, fortsatte Lisa undrande.

-Jag går en promenad sedan så jag får rensa mina tankar sade jag, svarade Scotten samtidigt som han korsade sitt lång och pekfinger på sin vänstra hand. Utan några större problem räknade han med att kunna ordna en sista sil åt Assar om han gick till torget eller järnvägsstationen. Det var inte säkert han skulle behöva betala något för den ens, för bland de han tänkte söka upp, fanns det flera som stod i skuld till honom.

-Då passar jag på att byta lakan och kör en tvättmaskin.

Om du kommer ihåg, får du gärna köpa tvättmedel för det håller på att ta slut, svarade Lisa.

-Bäst jag lägger in en påminnelse om det i mobiltelefonen, för annars kommer jag nog inte ihåg det, svarade Scotten.

Efter frukosten en stund senare, blev han överraskad av att det faktiskt var lite halt utanför porten. Ganska snart såg han dock att det inte var isigt, utan en samling blöta löv som var orsaken. Han ramlade inte omkull, men en knyck i samband med att han räddade upp situationen gjorde att knäet började värka igen. Det var dock inget han gick hem igen för, men han kände att det blev att han haltade för att lindra smärtan.

Av en polare han umgåtts med en del tidigare, fick han vad han sökte, innan han gick hemåt igen.

Bara några trappsteg från deras lägenhet kom han på en sak.

-Jädrar, jag skulle ju köpa tvättmedel också! utbrast han för sig själv. Utan att säga till Lisa att han glömt vad hon bett honom om, gick han försiktigt ner för trapporna igen. Smärtan från knäleden bestod, så han lovade sig själv att ta på ett knäskydd så fort han kom hem.

- - - - -

Petter förvånades över att han redan mådde så mycket bättre när han skulle stiga upp på lördagsmorgonen. Att totalt ligga för ankar ena dagen, för att nästa känna sig helt frisk, kunde han inte erinra sig att det hänt honom tidigare. Han hörde att Leila fortfarande sov tungt, så han smög försiktigt ut till köket för att inte väcka henne. En del hade hon redan förberett kvällen innan, så nu var det egentligen bara att fylla en termos med varm dryck och lägga i pizzabitarna i kylväskan.

-Är du redan uppe och skramlar, klockan kan väl inte vara så mycket än? muttrade Leila yrvaket från sovrummet.

-Godmorgon älskling! Hon har passerat halvtio, så jag tyckte det var läge för att stiga upp. Du låter lite hes, har du åkt på samma smörja som jag hade? undrade han.

-Jag är lite rasslig i halsen, men förhoppningsvis går det över om jag får ta en varm dusch och dricka något varmt, svarade hon och styrde stegen mot badrummet.

-Jag har packat i det sista så vi kan åka när du är färdig och vi har ätit frukost. På väderprognosen förutspår de sol och svag vind innan ett oväder drar in under natten, så det blir säkert en toppendag! sade Petter.

-Härligt! svarade Leila och satte på kranen.

Till frukost hade Petter tagit fram äppelkrämen som blivit över. Tack vare att den nu var kylskåpskall fick den hennes hals att bli bättre. På morgonen när hon vaknat, hade hon trott att det var typ hett te som gällde för att bli bra, men det här visade sig vara minst lika effektivt. Vid närmare eftertanke, drog hon sig till minnes att hennes mamma gett henne glass vid sådana här tillfällen och det hade fungerat väl.

-Ska vi åka då? undrade Petter när de var färdiga.

-Det gör vi, jag ska bara se om jag hittar min halsduk, svarade Leila.

Precis när de passerade skylten som det stod Femöre på, började elva-nyheterna. Leila log lite för sig själv för att de kom dit exakt den tid de planerat att vara där. Hennes ansiktsuttryck ändrades dock när hon hörde på radion om att polisens insatser för att hitta rånarna fortfarande var resultatlösa. I reportaget ifrågasattes deras kompetens och duglighet. Återigen kom tankarna upp hos henne om vad det kunde vara som gjort att Chapman vägrat gå in i sista vindsutrymmet de skulle besökt dagen innan.

Utflykten med Petter började förträffligt, men tyvärr kunde hon inte koppla bort de olösta problemen på jobbet. Leila visste att hennes grubblande inte skulle ta slut förrän hon fick svar på sina frågor. Helst ville hon kontaktat sin chef och åkt till vinden, för att sedan bryta sig in i varenda förråd för att bringa klarhet. Leila slog dock bort idèn direkt för att den kändes alltför impulsiv och saknade ju egentligen riktiga belägg. När det var dags att plocka fram termos och kall pizza, kom Leila på vad hon hade glömt.

-Shit, jag tänkte ju köpt med några godsaker från kondis, men det föll tydligen helt ur minnet.

-Är det inget värre så gör det väl inte något. Vi har ju en halv pizza var att äta, det borde rimligtvis vara mer än tillräckligt, svarade Petter lite retsamt.

-Tycker du att jag börjar bli fet eller? svarade Leila uppretat.

-Nej, det gör jag absolut inte. Det var bara det att jag tyckte att vi hade med oss så att det räckte. Du kan ta det som ett dåligt skämt från min sida, svarade han samtidigt som han anade att hon inte skulle nöja sig med hans förklaring.

-Visste du att sjuttiofem procent av det som det skämtas om, det ligger det sanning i vad en person verkligen tycker. Du kanske missunnar mig att äta upp pizzabiten också, sade Leila med glansiga ögon.

-Ge dig nu och glöm min klumpiga kommentar. Låt inte den förstöra hela utflykten är du snäll. Det var dumt sagt av mig och du får lita på att jag absolut inte menade något illa. Förlåt mig älskling, fortsatte Petter.

-Jag förlåter dig, men det var inte speciellt snällt sagt och jag kommer nog ha svårt för att glömma det, svarade Leila medan tårarna rann ner för hennes kinder.

-Jag hoppas verkligen att du släpper det där nu, vi måste ju kunna gå vidare även om någon säger något ogenomtänkt, sade Petter och kramade om henne.

-Ja, det måste vi. Jag blev bara så ledsen och arg för kommentaren du fällde, svarade Leila snyftande.

- - - - -

-Frågan är om vi ska fylla i ansökningen till polisen nu, eller om vi ska gå och handla kläder först? sade Ebba undrande medan hon såg att köksklockan redan var över elva.

-Det känns som om det är viktigare att få iväg ansökningen direkt, det andra kan vi väl ta i eftermiddag, föreslog Ludvig.

-Väntar vi så länge så hinner ju för fasen butikerna stänga! Det är lördag och då har de bara öppet till fjorton, visste du inte det? frågade Ebba.

-Ja just det, så är det visst. Om du tycker att det är alldeles nödvändigt att förstöra en massa pengar på kläder så får vi väl gå och handla först då, svarade Ludvig med en oskyldig min.

-När jag är färdig så går vi direkt. Om polisen får in din ansökan några timmar senare gör ingenting. Påminn mig att jag ska skriva en inköpslista för vad vi behöver handla till bjudningen ikväll, fortsatte Ebba medan hon började klä på sig.

-Okej, jag passar på att bädda och diska under tiden, svarade Ludvig.

Väl ute på gågatan en stund senare, förvånades han över att det var så mycket folk ute och handlade. Det gick inte direkt se vilken affär de besökt, för nästan alla hade med sig tygkassar som de bar sina inköpta prylar i.

-Har du med dig någon påse att ha kläderna i? Annars får du betala för det i butiken, sade Ebba undrande.

-Nej, det visste jag inte. Jag har bestämt för mig att man brukar få med både galge och påse när man handlar, svarade Ludvig.

-Det var länge sedan det var så. Vi kan handla varorna till käket ikväll först och då passa på att köpa med en tygkasse till kläderna du ska ha. Den kan du gärna ha när du handlar i fortsättningen.

-Men du har ju en stor tygpåse med dig redan, räcker inte den? undrade han.

-Den ska jag ha till matvarorna. Hämta en kundvagn så börjar jag plocka varor, sade Ebba och gav Ludvig en kundvagnspollett.

-Vill ni ha något från Systembolaget innan ni gör stan osäker ikväll? frågade Ludvig.

-Lisa lovade att ta med några cider, så det behövs inte. Förresten är det inte ens säkert att vi går ut. Vi får se vad vi känner för, svarade hon.

-Jaha, på det viset. Scotten och jag gör väl en ny sökning inatt för att se om vi kan hitta den där Assar. Har han tänkt sig att slå till igen så borde han vara i närheten, sade Ludvig.

-Var försiktiga bara, han verkar ju vara kapabel till vad

som helst den där typen, svarade Ebba oroligt.

-Förvisso är han det. Men det är därför som det är så viktigt att vi finner honom innan han slår till igen, förklarade Ludvig.

-Äntligen dags att fixa kläder till dig! utbrast hon när de lämnade mataffären.

-Jag kom just på att jag inte har en aning om vad jag har för storlek. Det måste man väl veta om man ska köpa kläder, sade Ludvig i ett sista desperat försök att slippa slösa pengar på något som han inte kände att han hade behov av.

-Vad fasen tror du att de har provhytter till? Jag ser på din kropp på tvåhundra meters håll vad du drar för storlek! Förresten kan jag upplysa dig om att jag lagt märke till att du börjat träna och fått en annan kroppshållning. Fortsätter du sådär, så går det säkert åt att köpa nya kläder flera gånger om året för att de ska passa, fortsatte Ebba.

Lite kluven gick Ludvig hand i hand med Ebba hemåt en stund senare. Visst hade det svidit rejält i kontokortet, men på samma gång hade han sett att kläderna han köpt gjort en jäkla skillnad. När han sett sig själv i spegeln med den nya outfiten hade han knappt trott att det var han som stod där.

-Tack älskling för att du hjälpte mig att välja nya kläder, sade Ludvig.

-Det gör jag så gärna, hoppas det inte dröjer så länge tills nästa gång, svarade Ebba.

-Mitt bankkonto önskar nog att det dröjer några år åtminstone, sade Ludvig och suckade.

- - - - -

Kapitel 10

-Vill du att vi åker hem igen? frågade Petter.

-Ja, det kan vi lika gärna göra. Det är ju inte alls så fint väder som de lovade. Dessutom behöver jag gå på toaletten, trots att det var det sista jag gjorde innan vi åkte, svarade Leila.

-Då gör vi det, för jag fryser. Det känns ju som att det är snö på gång, fortsatte Petter.

-Det kanske det är också. Vinden kommer ju från nordost, så då är det ingen sensation om det är ett väderomslag på gång. Jag längtar redan till slutet på året då vi skall åka utomlands till värmen, svarade Leila medan hon låste upp bilen.

-Kanske läge att åka hem och titta vad det finns för resor att välja bland. Om du vill kan vi ju passa på att titta på ringar när vi kommer tillbaka till Nyköping, föreslog han.

-Visst kan vi passa på att kolla vart vi ska åka, för det är ju så smidigt på nätet. Ringarna tycker jag vi väntar med lite, för jag vägrar att visa mig bland folk sådan här. Det lilla sminket jag hade när vi kom ut hit är fullständigt borta för att jag har gråtit, förklarade hon.

-Okej, men se till att stanna utanför något bageri på vägen hem så jag kan gå in och köpa något gott. Det kan vi verkligen behöva nu när inte utflykten blev som vi hoppades, sade Petter.

-Javisst, det kan jag göra, svarade Leila. Först tänkte hon tjurat vidare lite och sagt att hon av en viss anledning inte borde äta en massa sötsaker, men bestämde sig för att inte göra någon affär av det.

Hennes pojkvän hade ju sagt förlåt, så det fanns egentligen ingen anledning att fortsätta bråka. Hon visste att hon själv inget hellre hade velat, än att ha det osagt om hon sårat honom på något liknande sätt.

Det var också på det viset, att gårdagens olycka med äppelbiten som fastnade i halsen på henne, förstärkte hennes val att låta det bero. Händelsen hade tydligt påvisat att livet blixtsnabbt kunde ändras eller ta slut för dem, så pass att någon av dem skadades eller till och med omkom. Tanken på att skiljas från sin älskade som ovän, måste vara bland det värsta som kunde ske, tänkte hon medan hon stannade på en parkeringsplats vid trottoaren.

-Jag ska skynda mig. Förresten, är det något speciellt du är sugen på, eller kan jag ta vad som helst? frågade Petter medan han tog av sig bältet och öppnade dörren.

-Ta vad du vill för det spelar ingen roll, svarade Leila samtidigt som hon stängde av motorn.

-Tusan vad mycket folk det var som skulle handla! Man kunde tro att hela Nyköpings befolkning var där inne för att köpa något, utbrast Petter när han kom tillbaka en kvart senare.

-Jag anade det, för de har visst anställt en konditor som var med i "Hela Sverige bakar", på TV. Jag vet inte om han vann, men det skulle inte förvåna mig så duktig som han verkade vara. Vad hittade du för något smarrigt? frågade hon samtidigt som hon kände hur det vattnades i munnen.

-Det kan du nog aldrig gissa! Du ska veta att jag tog de två sista, sedan var de slut, svarade Petter hemlighetsfullt.

-Jag har inte en aning om vad du hittade, så du får allt säga vad du köpt, svarade hon otåligt.

-Jag köpte varsin semla! Kan du tänka dig att de säljer sådana i oktober? frågade han.

-Otroligt, det hade jag aldrig kunnat gissa. Menar du att de kommer fortsätta med dem året runt i fortsättningen? undrade Leila.

-Nej, det var nog bara idag. Vad jag förstod på dem som pratade med varandra därinne, så var det visst en varukedja i Luleå som sålt dem endast en dag och det hade blivit världens succè. Tydligen hoppades de på något liknande här och fasen vet om de inte lyckas, fortsatte Petter.

-Vore inte det något att få in i tidningen på måndag? undrade Leila leende.

-Klart att det är! Journalistyrket är väl likt ditt jobb på så sätt att man alltid är i tjänst, trots att man så att säga är ledig. I ärlighetens namn passade jag på att intervjua ett par därinne och tog några bilder! Allt är skickat till redaktionen och kommer ut i nättidningen i eftermiddag och i pappersupplagan på måndag, förklarade han och skrattade.

-Det förvånar mig inte det minsta. Så fort vi kommer innanför dörren och jag har varit på toaletten så vill jag att vi äter, för jag har hunnit bli vrålhungrig, sade Leila medan hon ställde bilen på deras parkeringsplats utanför bostaden.

- - - - -

-Fasen, jag måste säga att du är fantastiskt duktig på att skriva ansökningar och cv! Du kan ju verkligen lyfta de få egenskaper jag har som är bra och få dem att överskugga alla de övriga, sade Ludvig entusiastiskt.

-Det är väl inte så märkvärdigt. Men visst, jag blir väldigt förvånad om du inte kommer in på polisskolan nästa år, svarade Ebba medan hon stängde ner datorn.

-Tack så mycket älskling, jag hade i vart fall aldrig kunnat formulera något liknande. Först nu när allt jobbigt är gjort, känner jag att det skulle sitta fint med lite käk. Är inte du också hungrig? undrade han.

-Tänker du på att vi handlat kläder och fixat en ansökan? det var ju bara roligt att göra det! Ett par smörgåsar kan jag nog utan vidare få i mig, men mer behöver jag inte. Om ett par timmar kommer ju brorsan och Lisa för att äta pizza och då vill jag inte vara precis proppmätt, svarade Ebba.

-Ja jädrar vad klockan går, man kan ju undra vart den här dagen tog vägen! Jag brer på ett par mackor och sätter på några muggar kaffe så vi står oss tills dess, fortsatte Ludvig.

-När vi fikat kan du gärna gå över lägenheten med dammsugaren. Jag vet att du gjorde det häromdagen, men det behövs igen. Sedan kan du duka, sade Ebba.

-Tänk på att det är helg och att jag faktiskt är ledig. Jag har ju redan ansträngt mig med klädinköp idag bland annat, svarade han besvärat.

-Det ynkligt lilla du har gjort idag är ju inte ens värt att nämna! Sölar du inte för mycket så bör du hinna med att putsa av köksfönstret med innan det blir mörkt ute, sade Ebba och nickade mot de solkiga rutorna när de satt sig för att käka.

-Okej, jag får väl ordna med det också. Jag är van vid att slita hårt, så det är lugnt. Förresten, får man fråga vad du ska göra under tiden? undrade Ludvig.

-Jag ska städa badrummet och fixa avloppen. Har du inte märkt att det knappt rinner ner i dem? frågade hon.

-Visst kanske det sjunker undan lite långsamt, men det är ju absolut inte helt stopp i dem, svarade Ludvig.

-Jag hatar att duscha och vattnet i avloppet inte försvinner utan ställer sig ända upp till anklarna! Det är ju på vippen att det fortsätter ut över tröskeln, fortsatte hon.

-Ja okej, jag förstår vad du menar. Jag ser bara inte att det är ett så stort problem som du blåser upp det till. Om du vill kan jag ringa vaktmästaren på måndag så får han ordna allt, föreslog han.

-Vi släpper inte in en hantverkare här när det är så ostädat! Dessutom, om det bara är ett par avlopp som skall fixas så löser vi det själva, svarade Ebba bestämt och gick till badrummet för att städa.

- - - - -

-Ha, vi är ju som ett par panschisar! Klockan är snart fyra och vi har just tagit en middagslur på över två timmar, utbrast Scotten.

-Ja det var det värsta, jag trodde inte att jag skulle somna, för jag kände mig inte speciellt trött när vi lade oss efter lunch, svarade Lisa.

-I princip är det väl bara att göra sig iordning för att sedan dra till syrran, eller vad säger du? fortsatte han.

-Jag måste blöta håret igen för det ser ut som om det ligger en limpa inbäddad i det. Hör du att det blåser mycket ute? Kan du inte be Ludvig komma och hämta oss med sin bil sedan, för ni skulle väl ändå inte dricka något? frågade Lisa och sträckte på sig.

-Jag kan skicka ett textmeddelande, det borde inte vara några problem för honom, svarade Scotten och tog fram sin mobiltelefon.

-Vet du vad Ebba brukar ha i sina pizzor för att få dem så spröda när hon gör dem? undrade Lisa medan hon satte sig upp på sängkanten och gäspade.

-Inte en aning, du får väl fråga henne ikväll, svarade han.

-Ja, det ska jag minsann göra, det måste vara något speciellt. De jag gör blir aldrig på det viset, fortsatte hon.

-Ludvig kommer lite före arton och hämtar oss, det blir väl bra? undrade Scotten och gick ut till köket.

-Det är ju knappt två timmar tills dess, då får jag sätta fart, svarade Lisa och gäspade igen.

-Jag ringer morsan och snackar lite under tiden, det var ett tag sedan vi hördes, sade Scotten.

-Gör du det och glöm inte att hälsa. Ger du Knasen lite mat när du ändå är i köket? Han är nog utsvulten vid det här laget, fortsatte hon.

-Borde inte han fortfarande vara mätt efter all paj han smällde i sig igår? Katten äter ju som en häst, svarade han medan signalerna gick fram.

-Det står torrfoder i städskåpet till Knasen. Ge honom tre skopor så står han sig tills vi kommer hem, svarade Lisa medan hon försökte få ordning på kalufsen.

-Henrik och Maria hälsade tillbaka, de vill att vi kommer och tar en fika någon gång framöver, sade han en stund senare när hon var färdig.

-Jaha tack, det kan ju alltid vara trevligt. Nu ser jag Ludvig därute, är du klar? frågade hon.

-Det har jag varit i snart två timmar, svarade Scotten och

log.

-Hej på er! Vilket jäkla busväder det blev, sade Ludvig
när de klev in i hans bil.

-Ja verkligen, vi bor ju inte så långt ifrån varandra, men
det var ändå skönt att du kunde hämta oss, svarade
Lisa när hon satt sig i baksätet.

-Lyckas syrran med pizzorna idag med tror du? undrade
Scotten som började bli hungrig.

-Förmodligen gör hon det. Så länge jag har känt henne
så har de alltid blivit perfekta. Hon satte förresten in dem
i ugnen samtidigt som jag åkte för att hämta er, så de är
nog kanske färdiga snart, svarade Ludvig.

-Ska vi åka och spana i din Saab ikväll med, eller tog du
den bara nu? undrade Scotten.

-Nej, ikväll ska vi ta bilen som står på firman. Nu tog jag
privatbilen bara för att det är så trångt att åka tre i den
andra, fortsatte Ludvig samtidigt som han parkerade.

-Välkomna, hoppas ni är sugna! sade Ebba när hon
öppnat ytterdörren.

-Tackar, det ska bli gott! Är väl ingen risk att jag glömmer
fråga det, men jag gör det direkt i alla fall, för jag är så
nyfiken. Vad har du i degen som får dem så spröda?
frågade Lisa.

-Vanligt strösocker är hela hemligheten. Det lärde jag
mig av en som jobbar på en pizzeria, svarade Ebba och
skrattade.

-Okej, det måste jag testa nästa gång, för när jag gör
dem blir de alldeles tjocka och stenhårda i kanterna,
sade Lisa.

-Du har lyckats igen med att göra de godaste pizzorna
som finns! utbrast Scotten som var ganska van vid dem.

-Det var snällt sagt, det finns fler på gång i ugnen om någon vill ha, svarade Ebba medan hon hällde upp dricka.

-Jag tror det är bra för mig, men det är möjligt att det slinker ner en bit i natt när vi kommer hem, sade Ludvig och klappade sig på magen.

-Lyckligtvis har ni ju ingen katt som äter upp allt gott så fort man lämnar köket, muttrade Scotten och torkade sig om munnen.

-Ska vi dra iväg då, om du också har ätit färdigt? frågade Ludvig.

-Det kan vi göra. Behöver vi ha med oss något speciellt? frågade Scotten.

-Nej, allt finns redan i jobbarbilen förutom den här som jag har på mig, sade Ludvig och visade en liten svart sak.

-Vad är det för något? frågade Scotten.

-En GPS trackers, eller spårsändare som det heter till vardags. Min tanke är att om vi hittar Assars skåpbil och det inte är läge för att gå till handling direkt för att det kanske finns folk i närheten, så skall vi ändå kunna plantera den här, svarade Ludvig med ett leende.

-Vad smart, det är ju fantastiskt väl genomtänkt. Hur kom du på det? undrade Scotten.

-Jag sålde en svindyr TV häromdagen till en knös som var orolig för att någon skulle sno den för honom. När jag googlade på nätet lite så hittade jag den här och kom samtidigt på tanken att det måste gå att smeta dit en likadan innanför en skärmkant på Assars bil, fortsatte Ludvig.

-Ja, det kan ju inte vara så svårt och där syns den ju inte

heller. Vet du hur lång räckvidd den har? undrade Scotten.

-Fullt tillräckligt tack vare att den lokaliseras via satelliter. Snart sitter det sådana här små mojänger i allt som är stöldbegärligt, berättade Ludvig.

-Lycka till ikväll och lova att vara försiktiga, sade Lisa till killarna som fortfarande stod kvar i hallen.

-Tackar, ni får ha det så trevligt på krogrundan, sade Scotten medan han tog på sig sin jacka.

-Vi får se vem som kommer hem först, ni eller vi. Kan jag låna ditt kontokort Ludvig? för jag tror att jag glömde mitt i Norrköping, undrade Ebba medan hon hällde upp mer cider till Lisa och sig själv.

-Jag vet faktiskt inte om jag har så mycket kvar på det, för kontot tömdes ganska rejält vid alla klädköp idag, svarade Ludvig oroligt.

-Haha, jag bara skojar med dig! svarade Ebba fnittrande.

-Skönt det, för om jag ska börja plugga så lär det nog gå åt en del stålar, så förmodligen behöver jag nog hålla igen lite i fortsättningen. Vi sticker nu, sade Ludvig lite lättad över att få behålla sitt kort själv.

- - - - -

En av de största fördelarna med vanen, var att den inte drog speciellt mycket bränsle, tyckte Assar. I blandad körning var det inte ovanligt att förbrukningen hamnade under noll komma sju liter per mil. Likaså bränslevärmaren som så här års fick stå på nästan jämnt, var relativt billig i drift. Ett ögonkast på bränslemätaren samtidigt som han parkerade på ett ställe i utkanten av stan, visade att tanken fortfarande stod på fullt. Det hade skymt tidigt denna blåsiga lördag och konstigt nog kände han sig lite sömnig. Med tanke på hur lite han åstadkommit under dagen var det märkligt, tänkte han vidare medan han stängde av motorn och lade i parkeringsbromsen.

-Det får bli en promenad så att jag kvicknar till lite, sade han bestämt för sig själv. Egentligen var han inte alls lockad av att ut och gå i det här vädret, men han visste av erfarenhet att hans kropp var i stort behov av det. En sak till som fick honom att plåga sig att vistas utomhus en stund var, att han på så sätt värdesatte att få komma in igen i den sköna värmen som strömmade ut från parkeringsvärmaren.

Direkt när han lämnat sin skåpbil, såg han att ena skosnöret gått upp. Väl nere för att knyta om det, förvånades han över hur lätt han kunde böja sig och hur bra hans kropp återhämtat sig efter allt den gått igenom. Med ett leende reste han sig upp och började försiktigt jogga lite för att komma i ännu bättre form.

Inom några dagar så ska jag göra upp räkningen med Scotten, tänkte Assar medan han mjukade upp nacke och axlar under tiden han sprang vidare.

- - - - -

Kapitel 11

-Fungerar inte sätesvärmen i den här gamla bilen? Det
har ju gått över tio minuter sedan jag satte på den, men
jag är ju fortfarande iskall om arslet, sade Scotten med
en frågande blick.
-Hehe, faktum är att jag lagt dubbel uppvärmning i
förarsätet så att jag slipper frysa. Så när du tryckte på
din knapp blev det så pass varmt i den här stolen att jag
får passa mig för brännskador, svarade Ludvig och
garvade.
-Oops! vänd här framme och åk tillbaka igen! Jag är
tämligen säker på att jag såg Assars fordon därinne,
sade Scotten.
-Menar du att vi har sådan jäkla tur! Tyvärr kan jag inte
vända på en gång, för det är förbjuden U-sväng här,
svarade Ludvig.
-När tusan blev du så himla laglydig? Det har väl aldrig
bekommit dig förut att köra som det passar dig bäst,
sade Scotten medan han satte sig på sina handskar för
att om möjligt tina skinkorna lite.
-Får ju tänka på att jag kanske ska bli snut snart. Då går
det ju inte an att få en massa prickar i registret bara för
att farbror blå sett när man strulat, svarade Ludvig.
-Skit i det nu och åk tillbaka! befallde Scotten med
skärpa i rösten.
-Jag ska, ville bara försäkra mig om att ingen ser när jag
vänder. Var det på din sida den stod? frågade Ludvig.
-Ja visst, men jag är inte helt säker. Var det den så är
den tyvärr parkerad ganska nära korvmojjen, och i så

fall blir det svårt att göra något ostört för oss, sade Scotten och suckade.

-Det borde åtminstone gå att smyga fram och sätta dit spårsändaren i alla fall. Jag tror det är lämpligast om vi går sista biten för att inte väcka Assars uppmärksamhet, svarade Ludvig och parkerade en bit därifrån.

-Det låter klokt. Visserligen stänger de väl senast klockan ett och då lär det väl bli folktomt här med en gång. Men som du antyder så är det inget idealiskt ställe att droga aset och ta med honom härifrån, spekulerade Scotten.

-Är du säker på att det är rätt fordon? frågade Ludvig när de kom närmare.

-Jag vet inte riktigt, de ser ju nästan likadana ut. Men kan vi inte sätta dit GPS trackern innanför en skärmkant på den och sedan vänta här en stund? Möjligheten finns ju att vi får syn på vem som äger fordonet när det åker iväg, fortsatte Scotten.

-Helt klart går det att göra så, men då får du se till att avleda ägaren ett tag så att jag får loss spårsändaren ifall vanen tillhör någon annan än Assar. Den kostar tusen kronor och jag har bara tillgång till en, svarade Ludvig.

-Det är ju så typiskt bara att vi inte kan kontrollera registreringsnumret för att se vem ägaren är. Gör vi det, så syns det ju. Leila sade dessutom att han med all säkerhet hade tillgång till flera skyltar, fortsatte Scotten.

-Jag föreslår att vi chansar på att det är rätt skåpbil och därmed så sätter jag fast sändaren direkt. Jag har med två komradio så du kan varna mig om något är i görningen, sade Ludvig.

-Javisst ja, dem har vi ju haft användning av förr, svarade Scotten och tog emot en medan han log.

- - - - -

-Skit också, nu känner jag att det börjar göra ont i halsen igen, beklagade sig Leila.

-Det är ju lördag kväll, så då kan du väl ta en whiskey för att må bättre, föreslog Petter.

-Jag brukar inte nyttja sådant, men visst kanske det skulle hjälpa. Det som ändå avgör att jag tar honungsvatten istället är att det är just lördagskväll och att jag har jour. Vilken minut som helst kan jag bli inringd och då måste jag vara nykter, svarade Leila medan hon satte på vattenkokaren.

-Värm gärna vatten så det räcker till mig med, så kan jag också ta en mugg, sade Petter och tog fram honungsburken.

-Jag kan hälla i lite till. Ska vi se en film sedan? frågade hon.

-Det kan vi gärna göra, det lockar ju inte att gå ut i det här vädret och ta en kvällspromenad i alla fall, svarade han.

-Om vi inte blir sämre, så skulle vi behöva handla hem mat imorgon så vi har till veckan som kommer. En del fick jag med från affären häromdagen, men det skulle vara skönt att ha lite mer att välja på, fortsatte Leila.

-Vill du ha några skorpor till, eller vad är du sugen på? undrade Petter.

-Jag köpte hem en stor påse chips senast och den vill jag ha till honungsvattnet. Skorporna får du gärna behålla för dig själv, svarade Leila och lade upp chipsen i en stor skål.

-Okej. Vill du se någon speciell film, eller kan jag välja något ikväll? undrade Petter.

-Ta vad som helst, bara det är spännande så att jag kan hålla mig vaken.

Förmodligen är det väl inget på TV, så det får väl bli en DVD, föreslog hon samtidigt som de ringde från hennes arbete.

-Måste du jobba? frågade Petter när hon pratat färdigt i telefonen.

-Ja, så fort som möjligt måste jag och min chef åka till en bilbrand! Eller rättare sagt så är det visst tre bilar som är antända, svarade Leila och skyndade sig att ta på sig sina arbetskläder.

-Typiskt att det skulle hända nu när du inte mår riktigt bra. Orkar du med att jobba, du kanske har feber och behöver vila istället? sade Petter.

-Så farligt illa är det inte med mig, utan att jag fixar ett pass nu. Under tiden jag klär på mig så tar jag klunkar av det heta honungsvattnet, så det löser sig alltid, fortsatte hon.

-Hämtar Jesper dig här eller måste du cykla till polisstationen? frågade han.

-Han hämtar mig här om exakt tre minuter, svarade Leila medan hon gick till hallen för att ta på sig ytterkläderna.

-Glöm inte en halsduk, för det blåser som tusan än ute, föreslog Petter och höll fram muggen till henne.

-Det var bra att du sade, den hade jag saknat annars. Det märks väl om du ser på film eller om du har gått och lagt dig när jag kommer hem. Sov gott älskling, fortsatte Leila innan hon öppnade dörren till trapphuset.

-Var rädd om dig sötnos. Just att det är sådan kraftig

vind kan ju verkligen vara förödande när det brinner. Hoppas ni tar fast förövarna så att det inte upprepas, sade Petter och låste efter henne.

- - - - -

-Jag fick dit spårsändaren perfekt så nu kan vi vänta i jobbarbilen, så får vi se om Assar dyker upp, föreslog Ludvig.

-Visst, men vi behöver flytta bilen lite närmare för att se det, svarade Scotten.

-Jag kan parkera bakom den där låga mazdan, för den kan vi lätt se över inifrån min bil, svarade Ludvig.

-Gör så du. Ska jag gå och köpa var sin varm korv och en dricka under tiden? undrade Scotten.

-Ja, det kunde sitta fint. Egentligen är jag inte speciellt hungrig, men ska man sitta på spaning är det säkert gott att ha något att bita i, svarade Ludvig och tog fram sina bilnycklar ur byxfickan.

-Här ser vi perfekt om Assar kommer tillbaka till sin van, konstaterade Scotten när han kom från korvmojjen och satte sig i passagerarsätet.

-Ja, om han nu över huvud taget har lämnat vanen sedan han parkerade. Jag menar, han kan ju lika väl ligga där inne och sova för natten, spekulerade Ludvig eftertänksamt.

-Ja visst, det är kanske det troligaste att det är på det viset. Med tanke på att det inte finns så mycket att ta sig för utomhus så här dags, svarade Scotten.

-Jag anser att vi bör stå kvar här en timme till, sedan åker vi hem till mig och tar lite kall pizza. Parkerar Assar lite mer undanskymt endera kvällen, så är det bättre att vi slår till då. Nu har vi ju det smidigt på så sätt att vi med stor sannolikhet vet var han befinner sig, sade Ludvig.

-Det låter som en god idè. Tror du att tjejerna har hunnit komma hem ännu? sade Scotten undrande.

-Nej knappast, för klockan har ju inte ens passerat midnatt. Vi kanske också skulle göra något liknande någon lördag framöver och ta en riktig krogrunda, föreslog Ludvig.

-Har du glömt att du ska bli snut? Då passar det väl absolut inte att du raglar runt på stan mitt i natten mellan olika barer, svarade Scotten och garvade.

-Fasen också, det har du helt rätt i! Ska vi göra något sådant kanske det är bättre att passa på någon annanstans, svarade Ludvig medan han stoppade in sista biten korv med bröd i sin mun.

-Jag tror att Assar somnat för natten därinne. På grund av att det fortfarande är en strid ström av folk som vill köpa korv så föreslår jag att vi åker hem till dig och tar ett par öl och fortsätter äta pizza, sade Scotten.

-Vi gör som du tycker för det låter som en bra idè, svarade han och startade.

-Hej killar, är ni redan hemma? hördes Ebba säga när de kom innanför dörren.

-Ja, det fanns inget mer vi kunde göra ikväll. Men att ni redan är hemma, hur kommer det sig? frågade Ludvig förvånat.

-Vi gjorde oss iordning och gick iväg, men redan vid torget fick vi avsmak för att fortsätta vidare. Det var ett stort slagsmål där mellan ett par gäng, där de använde både knivar och knogjärn. Jag såg en som fick sin käke totalt söndertrasad och sedan ville jag bara gå hem, svarade Lisa med glansiga ögon.

-Det kan jag förstå att ni gjorde då. Kom polisen dit med, eller fick de fortsätta att slåss? undrade Scotten.

-Visst dök de upp efter bara några minuter, men de var bara två stycken som skulle försöka lugna runt fyrtio personer. Förmodligen kom det förstärkning senare, men så länge vi var kvar, var de ensamma. Får väl hoppas att de inte gav sig på de stackars snutarna, svarade Ebba och smuttade på sitt vin.

-Såg du om min syrra var en av dem? undrade Ludvig oroligt.

-Hon var inte med bland de två första, det såg jag. Sedan om hon kom dit senare, det vet jag förstås inte, fortsatte Ebba.

-Det har blivit så mycket råare här i Nyköping bara under de senaste åren. Det skulle inte förvåna mig om det blir någon allvarligt skadad på torget i natt. När vi åkte hem såg vi några bilar som var övertända på en parkeringsplats. Sådan skit har ju aldrig hänt här förr, sade Scotten och suckade.

-Vi tänkte ta lite kall pizza som blev över förut, står den i kylskåpet? frågade Ludvig.

-Det kan ni ju drömma om, för den är slut! Vi tog för givet att ni skulle komma hem så sent att det inte var aktuellt. Är ni hungriga så finns det Skogaholmslimpa i brödskåpet samt Lätta och ost i kylen, föreslog Ebba och fnittrade.

-Riktigt så hungriga är vi nog inte. Vad säger du Lisa, ska vi tänka på refrängen och dra oss hemåt? frågade Scotten.

-Det får nog bli så. Tack för en himla trevlig kväll med

sagolikt god pizza, sade Lisa och ställde sig upp.

-Tack själva, vi hörs, sade Ebba och drack upp det sista ur sitt glas.

-Vi skickar något till varandra när det är läge för det, sade Scotten till Ludvig som nickade tillbaka innan de skildes åt.

- - - - -

Trots att det inte på något sätt var speciellt ansträngande att rusa ner för trapporna, så kände Leila genast hur hon blev svettig på ryggen. Dessutom var det lite som att hennes balans inte var som vanligt. Det var ganska troligt att hon hade feber i kroppen och egentligen mått bäst av att ha stannat hemma och kurerat sig, tänkte hon när hon klev ut på trottoaren.

-Jaha, då har drägget sett till att vi inte behöver vara sysslolösa på vår lediga tid, muttrade Jesper när hon hoppat in i bilen.

-Visserligen är det så men det visste vi ju när vi tog anställning i det här yrket, att det var förenat med en del intrång på vår fritid, svarade Leila med hes röst.

-Tusan, är du sjuk eller? Dina ögon är alldeles glansiga och du låter som en hel karl när du pratar, sade hennes chef.

-Jag har nog fått någon smörja av min sambo, han var sängliggande med något influensaliknande härom dagen, svarade hon.

-Då får jag be dig om att inte vara för närgången, för den där skiten vill jag inte ha, fortsatte Jesper och garvade.

-Har inte brandbilarna kommit hit och släckt ännu, det var väl konstigt, sade Leila reflekterande när de var framme.

-Jag håller med, svarade Jesper samtidigt som deras bil anropades.

"Brandkåren har blivit utsatt för stenkastning så de kan inte utföra släckning i nuläget. Meddela när området är säkrat, förstärkning är på väg", ekade det inne i bilen.

-Där har vi förklaringen till varför bilarna fortfarande brinner. Innan våra kollegor kommit hit går vi inte ut, det är för stor risk att vi blir skadade av packet då. Kan du se några stenkastare någonstans? undrade Jesper medan han krypkörde fram.

-Jag ser inte till dem, men därmed tror jag knappast att det är lugnt. I det här skumrasket finns det hur många ställen som helst de kan gömma sig på, för att sedan gå till attack när de vill, svarade Leila.

-Man kan fråga sig vad de får ut av att åsamka sådant här elände! Är de så sjuka i huvudet och totalt känslokalla, så de utan några som helst samvetskval kan försöka skada oss efter att de själva åstadkommit att vi måste åka hit? sade hennes chef undrande.

-Visst måste de ha en skruv lös om de kan utföra sådant här utan att må dåligt. Förmodligen är det väl det gamla vanliga som vi hört förut, nämligen att de känner sig missgynnade av samhället och ser det här som ett sätt att tala om det, förklarade Leila och suckade.

-Visst är det säkert så, och det vet ju både du och jag förbannat väl. På något sätt känns det som den här meningslösa våldsspiralen bara tilltar och förvärras. Kommer vi någonsin kunna bryta trenden samtidigt som tillgången på droger och vapen ökar explosionsartat? undrade Jesper.

-Det måste vi tro att vi kan, annars är det helt

meningslöst det vi håller på med. Nu kommer förstärkningen så vi kan börja rensa området, svarade Leila och försökte låta övertygande.

-Jag går ut och tar fram hjälmar och skottsäkra västar från bagageutrymmet. Var skjutklar om du ser någon som börjar slänga sten mot oss, befallde Jesper.

-Det är bättre jag ordnar det, för på min sida har vi ju en skyddande husvägg. På din finns däremot alla möjligheter för dem att skada dig om du går ut, svarade hon.

-Det ligger en del i vad du säger. Håll låg position hela tiden då, så att du har skydd av bilen. Jag är beredd att avlossa mitt vapen om de anfaller, sade han och osäkrade.

-Visst, svarade Leila medan hon öppnade sin bildörr försiktigt. Den kyliga luften som hennes ansikte möttes av, gjorde att hon på nolltid kände hur adrenalinet i hennes kropp ögonblickligen mobiliserade alla hennes sinnen till maximal nivå. Sjukdomskänslorna hon haft nyligen var totalt bortträngda, vilket hon visste var en förutsättning för att de skulle klara sig om de blev angripna.

-Det verkar lugnt än, sade Jesper inifrån förarplatsen.

-Bra, du kan öppna bakluckan nu för jag är på plats, svarade Leila samtidigt som hon lät sin blick vandra på de platser där hon trodde att förövarna gömt sig.

- - - - -

Kapitel 12

-Ojdå, är klockan snart tolv! utbrast Ebba när hon vaknade.

-Det gör väl inget. Jag tycker det är skönt att sova ut ordentligt ibland, svarade Ludvig yrvaket medan han sträckte på sig.

-Men jag hade tänkt att jag skulle hinna plugga lite på förmiddagen idag, sade hon och satte sig upp i sängen.

-Jo, det finns väl alltid saker som man borde ta tag i och få gjorda. Men just för att orka det, så behöver man nog ta igen sig ibland, svarade Ludvig och drog ner henne i sängen igen.

-Nej, nu vill jag verkligen gå upp! Jag får försöka ta tåget till Norrköping om ett par timmar och se om jag kan få lite förberett till nästa tenta, sade hon och klev upp.

-Okej, då passar jag på att sticka till firman samtidigt för jag håller på att bygga en grej som Scotten och jag kan behöva, svarade Ludvig och följde med.

-Jag duschar direkt, så kan vi väl ta en sen frukost om en stund, föreslog Ebba och gick till badrummet.

-Det är väl snarare dags för lunch eller middag, svarade han.

-Jag nöjer mig nog med något som inte är så mastigt, för jag är fortfarande mätt av all pizza vi åt igår, sade Ebba.

-Jaha, men jag är faktiskt sugen på mat. Jag tar fram ett par piroger från frysen till mig, svarade Ludvig innan han gick till köket för att duka.

När det var klart, ringde hans mobiltelefon som fortfarande låg kvar på byrån i hallen. På skärmen såg han att det var Scotten.

-Jaså, är du vaken? Jag trodde att du sov ännu, så lång tid som det tog innan du svarade, sade han.

-Vi steg upp nyss och ska snart äta lite. Om du inte har något speciellt för dig, så kan du komma till mitt jobb om ett par timmar, för jag kan behöva lite hjälp med att prova en sak, svarade Ludvig.

-Det tror jag nog ska gå bra. Tänker bara kolla med Lisa först om hon har planerat något annat. Hör du inget från mig så kan du räkna med att jag kommer, sade Scotten innan samtalet avslutades.

-Jag skjutsar dig till järnvägsstationen så slipper du gå, föreslog Ludvig till Ebba när han tryckt på röd lur.

-Ja, det får du gärna göra för jag har en rätt så tung bag som måste med, svarade Ebba och tänkte efter så att hon inte glömt något.

-Är det fredag kväll som gäller, att vi ses igen? undrade han.

-Det borde kunna bli redan på torsdag eftermiddag för då är tentan skriven och sedan är det lugnt några dagar, svarade hon.

-Härligt, då ska vi se om jag kanske kan sluta skapligt på fredagen i alla fall så får vi lite mer tid tillsammans, svarade Ludvig samtidigt som han kollade att han hade bilnycklarna i fickan.

-Ska vi åka då så att jag inte missar tåget? undrade hon när hon var färdig med ytterkläderna.

-Det kan vi göra, svarade Ludvig och tog hennes tunga bag medan hon låste dörren.

-Jäklar, där står en ersättningsbuss som ska gå till Norrköping. Då är tåget inställt igen, muttrade Ebba medan hon tog av sig bilbältet.

-Spelar det så stor roll egentligen då? Det viktigaste är väl att du kommer dit du ska, svarade Ludvig och drog åt parkeringsbromsen.

-Nej, det gör väl inte så mycket, möjligen att det tar lite längre tid. Jag har bara lite svårt för när saker och ting plötsligt ändras, fortsatte hon och suckade.

-Jag hjälper dig med bagen. Var snäll och hör av dig när du är framme så jag vet att allting gått bra, sade Ludvig.

-Klart jag gör, svarade Ebba innan de tog farväl av varandra med en lång kyss.

- - - - -

När Leila vaknade kunde hon först inte erinra sig om var hon befann sig. Någonstans en bit ifrån henne, hörde hon hur någon skramlade med porslin. Efter ett tag klarnade tankarna och hon insåg att hon låg i sin säng.

-Skönt att du inte behövde arbeta så länge inatt. Gick det bra med bilbränderna, jag menar fick ni tag i några gärningsmän? frågade Petter.

-Vi misstänkte först att de var kvar på platsen, så vi fick vara väldigt försiktiga. Av någon anledning så nöjde de sig med att kasta ett par stenar på brandbilarna innan de försvann spårlöst, berättade Leila innan hon gäspade.

-Du har sovit i nästan tolv timmar för klockan är tre på eftermiddagen nu, men det behövde du nog. Mår du lite bättre eller tror du att du har feber? frågade han.

-Jag känner mig hyggligt utvilad och tänker gå och duscha. Vill du ordna lite honungsvatten igen och kolla om vi har något smidigt att äta? för jag är superhungrig, fortsatte Leila och gick med släpande steg mot badrummet.

-Om du vill kan jag göra raggmunk med bacon och lingonsylt, passar det? frågade Petter.

-Det blir perfekt, men se till att göra en rejäl laddning för det går det nog åt. Blir det något över kan vi ha det till någon matlåda, föreslog hon.

-Okej, jag gör en trippel sats, för det borde väl räcka, svarade han och tog fram ett förkläde från städskåpet.

-Det är grymt vad fort det blir mörkt ute så här års, utbrast hon efter duschen, till Petter som stod vid spisen.

-Ja, visst gör det. Har du funderat mer på vart du ville åka vid nyår? för igår hann vi ju inte med, undrade han.

-Jag har inte hunnit tänka så mycket på det, men helt klart är att när vi reser iväg så vill jag att vi får varmt och soligt, svarade hon medan hon försökte få sitt hår torrt med en frottéhandduk.

-I så fall finns det väl antingen Thailand eller Kanarieöarna som är aktuella, svarade Petter.

-Thailand är så långt bort och jag kan förmodligen bara ta ledigt en vecka. Om vi reser över nyår så måste jag räkna med att jobba juldagarna, sade Leila.

-Ja, men då får det väl bli Kanarieöarna nu och så kan vi ta Thailand till ett annat år kanske, föreslog han.

-Det låter toppen! När vi ätit kan vi se vad som finns att välja på, svarade hon entusiastiskt.

-Ja, det gör vi. Egentligen hade vi behövt fixa matlådor i eftermiddag, men det känns inte som om att det lockar precis. Antingen får vi väl äta samma maträtt hela veckan för jag tror att vi har ett knippe korvstroganoff i frysen, eller så kan jag sticka och köpa färdigrätter, sade Petter.

-Imorgon kväll kanske vi är mer laddade för att laga mat. Vi får väl hoppas det, för det är som du säger, ikväll har jag inte någon lust med det heller, svarade Leila.

-Nu är i alla fall raggmunkarna färdiga så att vi kan äta, varsågod! sade Petter och satte fram ett stort fat på köksbordet.

-Så gott det ska bli, tack älskling, svarade hon och satte sig för att äta.

- - - - -

-Vad grejar du med egentligen? frågade Scotten när han klev in på TV-firman.

-Jag har tänkt på hur vi ska kunna komma åt Assar om han låst in sig i vanen. Givetvis går det att slå sönder en ruta eller använda ett bräckjärn för att ta sig in, men så kom jag på något lite mer tidsenligt, svarade Ludvig och log.

-Med den där lilla prylen lär du väl knappast kunna öppna en låst van, sade Scotten och fnös.

-Det borde gå om jag har gjort allting rätt, för med den här förstärker jag signalerna från hans bilnyckel och kan därmed låsa upp fordonet med ett knapptryck. Grejen är bara den, att skiten inte fungerar! Jag vet inte om det beror på om nyckeln är så isolerad i plåtskalet som omger den när den befinner sig i bilen. Jag har provat massor med gånger med min Saab och nu börjar jag bli trött, sade han och suckade.

-Men med andra ord är det fullt möjligt att det bara är i din bil det inte fungerar antar jag, svarade Scotten.

-Det kan vara så, men det är inte alls säkert. Helst skulle jag vilja prova det på en massa fordon för att se om det bara krånglar ibland. Men då är risken att vi blir

påkomna och det vore ju inte så bra, fortsatte Ludvig.
-Nej det är klart, att testa om dina grejer fungerar när
nyckeln redan är i fordonet, är väl inte så lätt att förklara
för någon som råkar se vad vi håller på med, svarade
Scotten.
-Jag har både en stor kofot och ett litet bräckjärn i
jobbarbilen. Vi får helt enkelt använda oss av det vi har
tillgång till om inte min apparat fungerar, sade Ludvig.
-Förhoppningsvis är hans fordon så pass diskret
uppställt att ingen ens hör om vi bryter oss in hos honom
heller för den delen, svarade Scotten eftertänksamt.
-Så är det antagligen, men jag brukar kunna lösa
sådana här tekniska saker så därför retar det mig att det
inte fungerar, sade Ludvig muttrande.
-Är allt annat klart menar du, med dina
fördröjningsanordningar bland annat? undrade Scotten.
-I princip är allting klart. Slår vi till på onsdag kväll så kan
vi dessutom fixa ett vattentätt alibi, svarade Ludvig med
ett brett leende.
-Nu får du gärna förklara dig lite för jag hänger inte med
alls. Visst kan vi avvakta några dagar och vänta till
onsdag om det kan få oss att verka helt oskyldiga, men
hur ska det gå till? frågade Scotten med sina ögonbryn
uppdragna högt i pannan.
-Då är nämligen biljardhallen öppen till klockan tre på
natten. Är vi där och spelar så kan vi ju omöjligtvis vara
någon annanstans om vi inte har klonat oss, fortsatte
Ludvig.
-Då satsar vi på det, för det verkar som om du har tänkt
på allt. Vill du att jag ska boka tid på biljardhallen då?
undrade Scotten.

-Det har jag redan gjort, för det får ju inte skita sig på att det inte finns något bord ledigt. Jag sätter på lite kaffe om du tar fram en påse bullar från frysfacket och tinar dem, sade Ludvig.

-Okej, ja det kan nog behövas lite fika för att smälta allt du har sagt, svarade Scotten.

- - - - -

Efter en lugn natt vaknade Lisa av att ytterdörren låstes. Först blev hon lite sur för att Scotten gått till jobbet utan att säga hejdå, men insåg snart att han förmodligen gjort det. Detta grundade Lisa på att det kändes en aning fuktigt på hennes kind, så därmed hade Scotten säkert kysst henne innan han gick.

På samma gång som Lisa ville ligga och dra sig ett par timmar, var hon alldeles för rastlös för det. Ju mer hon tänkte på vad som behövde göras men inte var det minsta roligt, undrade hon vad hon egentligen höll på med.

Var tanken att det skulle mala på så här som en jädra köttkvarn i fyrtiofem år till, för att då gå i pension med en kropp pimpad med hörapparat, rullator och hemtjänst? tänkte hon och suckade.

-Satfläsk heller, nu är det du som tar dig i kragen Lisa och går upp och gör lite nytta! sade hon mec bestämd röst till sig själv.

Precis när Lisa skulle lämna den varma sängen, översköljdes hon av ett illamående som vida översteg vad hon var van vid. Rusande till badrummet på det iskalla golvet, gick hon i tankarna igenom om det kunde vara något olämpligt hon ätit, men kom inte på något. Hulkandet ville nästan inte sluta, konstaterade hon medan tårarna rann på henne.

Slutligen kom hon på vad som åsamkat henne den vidriga känslan och började svära högt utan att någon hörde det.

När hon en stund senare kom ut till köket besannades Lisas farhågor, vilket inte gjorde henne direkt lugnare. Tydligen hade Scotten tillagat sin engelska frukost med ägg, bacon och allt möjligt fettdrypande under morgonen innan han cyklade till jobbet! Kvar i stekoset hade han lämnat all disk samt en liten lapp på köksbordet. På den stod det;

"Godmorgon älskling! I kylskåpet finns allt på en tallrik som blev över, om du vill ha en stadig frukost!"

När hon såg att han lagt små körsbärstomater runt maten så att det var fomat till ett hjärta, började hon le åt upplägget. Att fortsätta vara arg för att han indirekt fått henne att spy, var uteslutet. Lika inaktuellt kändes det att försöka äta upp maten. Bara tanken på det, fick det att börja dra bak i käkarna.

I ett textmeddelande tackade hon Scotten så mycket för omtanken, men skrev som det var, att hon tyvärr inte kunde äta upp det han lagat. Lisa föreslog att han istället gärna fick festa på maten när han kom från sitt jobb, bara han vädrade ordentligt tills hon kom hem. Sedan diskade hon och dammsög lägenheten innan det var dags att få i sig lite normal frukost. Klockan var kvart i nio när hon gick hemifrån, vilket var cirka fem minuter senare än vanligt. Om hon skyndade sig, så skulle hon hinna eller möjligtvis vara på jobbet någon minut för sent, insåg hon. Egentligen tyckte Lisa inte om att vara ute i sista minuten, men ibland blev det bara så. Det fanns emellanåt saker som hon gärna ville slutföra, men i och med att hon stundtals var tidsoptimist, så fick det till följd att tiden inte riktigt räckte till. Småspringande gjorde hon allt för att minska skadan och antog att det skulle räcka om inget oförutsett inträffade. Lisa försökte undvika fläckar som såg hala ut av is, samt ansamlingar av blöta löv som det fanns gott om på trottoaren. Vid ett övergångsställe nära klädbutiken där Lisa jobbade, hörde hon ett fordon närma sig i ganska hög fart. I normala fall när Lisa var sent ute, brukade hon lita på att bilisten verkligen stannade för henne, men någonting inom henne sade att hon borde stanna upp.

Nästa sekund for en vit skåpbil förbi bara en halvmeter framför näsan på henne! I samma ögonblick skymtade hon personen som satt bakom ratten och kalla kårar gick längs hennes ryggrad! Chocken över att se Assar på riktigt nära håll gjorde att pulsens hastighet fördubblades. Lisa tänkte först skrika något, vilket hon snart insåg skulle vara helt lönlöst.

Med darrande händer ringde hon till Ludvig för att berätta vad som hänt, för Scotten visste hon definitivt att han inte hade någon mobiltelefon på sig. Efter bara ett par signaler svarade Ludvig. Han frågade lugnt och sakligt åt vilket håll fordonet färdats och om hon sett fler personer åka med.

Ludvig förekom hennes nästa fundering och sade att hon inte behövde vara orolig för att Assar tänkte angripa henne på arbetet. På sin spårningsutrustning såg han nämligen att vanen fortsatte sin färd till utkanten av stan. Benen på Lisa skakade sista biten till jobbet, men lyckligtvis hann hon precis i tid. För att ändå varsko

Scotten om det inträffade, skrev Lisa ett sms till honom så att han kunde se meddelandet på sin lunchrast.

Varje gång någon kom in i klädbutiken, hajade hon till av rädsla för att det skulle vara Assar. Gjorde han verkligen det, insåg hon att hennes chanser att undkomma honom var minimala.

- - - - -

Leila tittade ideligen på klockan för att ha kontroll på när det äntligen var dags för förmiddagsfika. Med ett par värktabletter under morgonen antog hon att hennes troliga feber avklingat, men hon kände sig trots det inte fullt återställd. Exakt nio noll noll, var Leila på plats i dagrummet och plockade fram sitt smörgåspaket från kylskåpet. Vid det första rejäla bettet i dubbelmackan, hördes ett larm ljuda i högtalarna.

-Det är ett nytt rån för tredje gången på samma ställe! Tar vi dem inte nu kan vi anmäla oss som arbetssökande imorgon, vrålade Jesper när han sekunden senare kom inrusande till henne.

-Jag kör, för du verkar helt förstörd, sade Leila och tog bilnycklarna från sin chef medan de sprang ut till parkeringen.

Kvar på bordet i dagrummet låg Leilas dubbelmacka. Ena hörnet saknades, efter att hon tagit ett rejält bett i den. Tanken på att den skulle förfaras, gjorde Leila ännu mer uppretad och bestämd att gripa gärningsmännen den här gången. Förnedringen över att kanske misslyckas igen med ett gripande var outhärdlig, så nu skulle de åka fast. Med alla möjliga medel som fanns var det vad som gällde, tänkte hon beslutsamt.

- - - - -

Kapitel 13

Efter arbetet cyklade Scotten hemåt och hade för
ovanlighetens skull medvind. För att minimera
trampandet spände han upp sig och satt upprätt för att
dra nytta av blåsten rejält. Väl hemma satte han in
maten som blivit över, i mikrovågsugnen. Under tiden
den värmdes ringde han Ludvig för att bli uppdaterad
om var Assar höll hus och om det var något annat han
behövde veta. Så fort samtalet gick fram så kopplades
det bort, vilket förmodligen betydde att han hade svårt
att svara för tillfället.
Käket smakade lika utsökt nu, det enda var att
tomaterna blivit illheta och något vattniga i konsistensen.
En stund senare när han ätit upp, beslöt han sig för att
gå och möta Lisa när hon slutade jobba. Visst dröjde det
en halvtimme tills dess, men för en gångs skull kanske
han kunde överraska henne där och sedan promenera
hem ihop, så att hon slapp gå ensam. Med tanke på hur
mörkt det redan var, förstod han att Lisa gärna såg att
han gjorde det, särskilt nu när Assar var i krokarna.
Möjligt att det var något som de ville ha hemhandlat
också, det fick de se.
Lagom när han lämnat trapphuset och kommit ut på
gatan, kom ett sms från Ludvig.
Han skrev kort och gott att han hade massor att göra
och att Assars skåpbil var parkerad på samma plats
sedan i förmiddags, för han antog att det var det som
Scotten var intresserad av.
Till svar skickade Scotten en glad smilies för att tala om

att han var nöjd med upplysningarna han fått.

Inom sig gladdes han åt att GPS-sändaren helt klart verkade fungera som den skulle, samt att den förblivit oupptäckt av Assar.

En glad och på samma gång förvånad blick av Lisa mötte honom när han stegade in i klädbutiken. Hon nickade bara lite, för just för tillfället var hon upptagen med en kund som ville betala.

-Hej älskling, vad kul att du kommer på besök! Vill du handla något? frågade hon ironiskt när de blev ensamma.

-Hej sötnos! Nej, jag är inte sådan som gillar att gå i tjejkläder. Jag kom mest för att jag inte tyckte att du skulle behöva gå ensam hem, berättade han.

-Det var snällt av dig, jag skall bara stänga om några minuter. Har du förresten hört något mer om Assar? undrade Lisa.

-Det senaste jag fick veta för en kvart sedan var, att hans van står parkerad där han ställde den efter klockan nio i morse, svarade Scotten.

-Har ni upplyst polisen om att han uppehåller sig på parkeringen, eller vad väntar ni på? frågade hon.

-Vi har inte gjort det än, för vi är ju inte riktigt säkra på att det verkligen är hans fordon, svarade han svävande.

-Det är väl ganska uppenbart att det är Assars! Ska ni åtminstone försöka fastställa det snarast så ni får veta det? fortsatte hon lite irriterat.

-Ludvig hade fruktansvärt mycket att göra nu och jag vill inte ge mig dit själv för att kontrollera. Framåt onsdag ska vi försöka få tid att lösa problemet, sade Scotten.

-Då får vi hoppas att eländet tar slut sedan, för så här

kan vi ju inte ha det, svarade Lisa medan hon låste klädaffären.

-Behöver vi handla något eller tror du att vi har allt hemma? frågade Scotten.

-Det är väl möjligtvis bröd, mjölk och kattmat till Knasen. Kanske tar ett par liter youghurt med. Med lite tur mår jag mindre illa om jag äter lite mer sådant, fortsatte Lisa och drog upp sin kapuschong för att slippa frysa.

-Tråkigt att du mår illa bara för lite matos. Är det bara på morgonen? undrade han.

-Ja, faktiskt är det så. Blir det inte bättre så måste jag väl kontakta en nätdoktor och höra vad hen har för råd. På tal om det, jag hoppas att du kom ihåg att vädra ut oset hemma innan du gick för att möta mig, sade hon med allvarlig ton.

-Tusan, det glömde jag bort totalt! Men det hinner ju gå ett tag innan vi är hemma, så då kanske det mesta av lukten har försvunnit. Jag kom i alla fall ihåg att ta med ett par tygkassar till varorna om vi skulle handla, sade Scotten.

-Det var ju alltid något, svarade Lisa och suckade.

- - - - -

-Har vi någon patrull som hinner till uttagsautomaten innan oss? frågade Leila medan hon startade.

-Ja, det är en fotpatrull på gågatan, så de är i princip på plats där redan nu. Faktum är att i stort sett alla utfarter från stan också är bevakade av oss. Dels av rullande polispatruller, men även tack vare att vi har extrainsatt nykterhetskontroller just nu, svarade Jesper uppgivet.

-Bra, då föreslår jag att vi gör på mitt vis, svarade Leila samtidigt som hon väjde för en permobilgubbe.

-Men för tusan virrhöna, hittar du inte till uttagsautomaten? Vänd omedelbart! vrålade hennes chef hysteriskt.

-Jag är tämligen säker på att jag vet vart rånarna tagit vägen, så nu ska vi dit! Om det visar sig att jag har fel får jag väl be om ursäkt för det i så fall, svarade hon lugnt.

-Jag hoppas du vet vad du sysslar med! Går det åt skogen med gripandet för din skull, kommer jag hävda att du fick hjärnsläpp och att du tvingade dig till att få köra, sade Jesper sammanbitet samtidigt som Leila bromsade in kraftigt och parkerade halvvägs upp på en trottoar.

-På med skottsäker väst och var skjutklar! Bakom hörnet här ska vi in andra trappuppgången, befallde Leila och klev ut ur bilen.

-Det var ju där vi avbröt sökandet i fredags, vad får dig att tro att de är där? frågade Jesper.

-Det hinner jag inte förklara nu, häng med nu bossen, fortsatte hon och kutade iväg så nära husväggen som det gick.

- - - - -

Några hundra meter från platsen där han parkerat, såg Assar en livsmedelsbutik med generösa öppettider. Hans mage påminde honom hela tiden om att det var dags att äta något, så det borde vara bland det enklaste som fanns, att uppsöka butiken och göra erforderliga inköp. Grejen var dock som vanligt sista tiden, just att ekonomin inte var den bästa. Dessutom var det bara att räkna med att de tog hutlöst bra betalt för det de sålde därinne. Till slut kände han att han inte hade något att

125

välja på, han måste ha något att äta. Möjligen kunde han betala för något billigt men samtidigt stoppa på sig lite extra för att slippa hungra.

Direkt när Assar kom in i affären, såg han att innehavaren var en ganska biffig historia som han helst inte ville ha något otalt med. Trots detta, kände han inte att han hade något val, utan fullbordade sin plan. Assar var tämligen säker på att han lyckats, när han passerade ut från butiken med fickorna fyllda med allehanda godsaker.

Plötsligt kände han en fast hand grabba tag i hans fortfarande grymt ömma axel. Assar insåg omedelbart att det var utsiktslöst att försöka slita sig loss, utan att han istället var tvungen att följa med in och hitta ett bättre tillfälle att fly.

-Jag såg att du stoppade på dig en massa i fickorna, lägg upp allt på disken här så låter jag dig gå, sade affärsinnehavaren samtidigt som han släppte taget om Assar.

I samma ögonblick såg Assar sin chans och började springa därifrån så snabbt han kunde. Precis när han kommit ut på trottoaren gjorde han dock den dagens största misstag! För att se om han var förföljd, vände han sig om och missade därmed lyktstolpen som var placerad utanför butiken. Genast kände Assar när såret ånyo öppnades i skallen, men tvingade sig själv att inte sluta kuta, utan ökade istället farten därifrån. På avstånd kunde han höra ett utryckningsfordon som konstigt nog inte verkade närma sig. Utmattad satte han sig till slut ner bakom ett buskage för att försöka återhämta sig lite. Bandaget på huvudet tyckte han inte var någon större idè att undersöka när han saknade spegel. Att blodet flödat ner från såret över ansiktet, talade sitt tydliga språk och han undrade om han någonsin kunde bli helt återställd. Hungerskänslorna var som bortblåsta, däremot såg han fram emot att ta en rejäl dos tramadol intravenöst så fort han kom tillbaka till sin skåpbil.

- - - - -

Redan när Leila öppnade entrèdörren, såg hon tydliga spår efter grovmönstrade skor uppför trappan. Fastighetsägarens halkbekämpning i form av rikligt med sand på trottoaren, hade villigt följt med de blöta kängorna som nyligen passerat, tänkte Leila nöjt och hoppades att hennes intuition stämde. Bakom sig hörde hon Jesper flåsa i nacken och hon hoppades att han nu förstått hennes tankegångar.

Fotavtrycken syntes allt mindre väl för varje våningsplan de kom upp, men det rådde fortfarande ingen tvekan om att de fortsatte vidare. Efter tredje våningen återstod endast vinden. En blick bakåt klargjorde att hennes chef var skjutklar och med en nickning till varandra gick de försiktigt vidare upp för sista trappan.

När de kom fram till vindsdörren hördes röster innanför den. Med ena handen tryckte Leila ljudlöst ned handtaget för att kontrollera om dörren var låst, vilket det visade sig att den inte var.

Ett litet klick hördes när den öppnades, men ingen verkade ta notis om det, utan de fortsatte att prata med varandra.

-Polis, lägg ner vapnen! skrek Leila och Jesper samtidigt med pistolerna osäkrade och riktade mot männen.

Utan ett ord vände de sig sakta mot dem, medan de

lade ner sina skjutvapen och sträckte händerna uppåt. Leila kände sitt hjärtas hårda slag i bröstet samtidigt som hon inom sig upplevde en enorm tillfredsställelse. Det rådde ingen tvekan om att hon lyckats gripa tre beväpnade rånare som gäckat dem flera gånger under en längre tid, tänkte Leila samtidigt som hon kallade på förstärkning. Medan hon tvingade gärningsmännen att sätta på sig handfängsel hon slängt till dem på golvet, fortsatte hon och Jesper att sikta sina dragna vapen mot dem.

Egentligen ville Leila kontrollera vad gärningsmännen hade för något i all sin packning, men hon stålsatte sig att invänta sina kollegor. Risken för att de skulle försöka övermanna Jesper och henne var fortfarande påtaglig, spekulerade hon.

-Grattis till en lyckad operation Leila! sade Jesper när de en stund senare var själva på vinden, för att de gripna förts till stationen av deras kollegor.

-Jag tycker inte att det var så märkvärdigt, svarade hon.

-Det du gjorde idag kommer gå till historien, så räkna med att bli kommissarie med fet lön inom kort, fortsatte hennes chef och gav henne en rejäl klapp på axeln.

-Jaha, tror du det. Förr eller senare vore det ju konstigt om vi inte skulle haffa dem, svarade Leila.

-Du måste förklara för mig varför du antog att de skulle fly hit, för vi var ju i den här kåken och letade i fredags, sade Jesper.

-Jag reagerade på att Chapman vägrade gå in på den här vinden och söka. Efter en del funderande så antog jag att där inne fanns just en sådan här, svarade Leila och pekade på en liten apparat som stod på golvet.

-Ursäkta mig, men vad har den där grejen med det hela att göra? undrade han och såg förbryllad ut.

-Det är en djurskrämma som sänder ut ljud som endast hundar kan höra. För dem är det fruktansvärt obehagligt och de gör allt för att slippa det, fortsatte Leila och log.

-Jaha, så det var därför inte jycken ville gå in här! Riktigt smart av dig att komma på det, sade hennes chef.

-Otroligt vad mycket pengar det ser ut som att de kom över idag. I den här bagen måste det ligga över en miljon, sade hon och pekade.

-Visst är det märkligt att de varje gång lyckats råna uttagsautomaten när den är fylld. De där sedlarna verkar ju inte ens ha fått märkfärg på sig, svarade Jesper.

-Visst osar det som att de fått hjälp, spekulerade hon.

-Möjligen är det så, men det kan lika gärna röra sig om utpressning. Dem vi grep nyss har förmodligen inte dragit sig för att kidnappa någon för att få upplysningar, fortsatte han.

-Vi får se vad utredningen kommer fram till. Kanske vi kan se på deras mobiltelefoner vem de har varit i kontakt med, svarade Leila.

-Nu hör jag att teknikerna kommer, då kan vi avlägsna oss. Jag antar att du är utsvulten för det är ju lunchdags. Idag bjuder jag för det har du gjort dig förtjänt av, sade hennes chef och skrattade.

-Tackar, men då vill jag välja restaurang. Det blir ett ställe inte så långt härifrån där man får backa om och hämta mer så mycket man vill, svarade Leila och slickade sig om sin mun.

- - - - -

Scotten öppnade fönstren både i köket och rummet för

att få korsdrag och vädra ut matoset som bitit sig fast i lägenheten. Under tiden ställde Lisa in kylvarorna och gav Knasen mat. Båda kände sig lite slitna efter arbetsdagen, trots att de bara avverkat måndagen på en hel arbetsvecka. Lisa trodde att mycket av tröttheten berodde på det näst intill obefintliga dagsljuset som erbjöds så här års, men sade inget. Istället satte hon sig i TV-soffan för att återfå lite krafter.

-Nu har nog all lukt försvunnit, så jag stänger igen. Vad vill du ha att käka? undrade han.

-Helst vill jag ha exotisk planka med ett glas vitt vin till, svarade Lisa och drömde sig bort att hon satt finklädd på en trevlig restaurang med levande ljus på borden och blev serverad just det.

-Det kan du glömma, för vi har inget sådant hemma. Dessutom orkar jag inte göra något extremt. Jag föreslår istället att du äter en bunke youghurt så tar jag ett par limpsmörgåsar, svarade Scotten och garvade.

-Det lät ju väldigt romantiskt, jag tror du behöver gå en charmkurs, svarade hon medan hon lade upp sina fötter på soffbordet.

-Jag anser inte alls att jag behöver gå en sådan, för jag tycker själv att jag är riktigt trevlig. Nu är det serverat, varsågod! fortsatte Scotten.

-Vi får åtminstone ta lite starkt gott kaffe efteråt. Vi kanske kan hjälpas åt att göra chokladbollar att äta till, för det har vi ingredienser till, föreslog hon.

-Ja, det kunde vara gott och det tar ju inte så lång tid att fixa. Förresten, är det din tur att jobba på lördag? frågade Scotten.

-Ja, det är det. Sedan är jag ledig nästa måndag, men

då har jag tänkt att städa och tvätta, svarade hon.

-Okej, det lät ju som något upplyftande att ha framför sig. Ludvig och jag ska nog spela biljard på onsdag, men det känns som om vi två också skulle hitta på något kul tillsammans snart. Det är ju bara det, att det är så många måsten och krav hela tiden, sade han och suckade.

-Visst, det ser jag fram emot, men helst ser jag att problemet med Assar löser sig först. Bara han försvinner ur vår värld, så skulle allt kännas mycket lugnare och bättre, fortsatte Lisa.

-Som jag sa förut, så ska Ludvig och jag försöka åtgärda problemet på onsdag. Det måste ju ske säkert och riskfritt, för det finns inte utrymme för några misstag. Faktum kvarstår att vi kallt kan räkna med att han går med en skarpladdad pistol på sig för jämnan, förklarade Scotten.

-Jag vet och det gör mig livrädd! Aset kan faktiskt tränga sig in här och likvidera oss på fläcken om han vill, fortsatte Lisa och lät uppriven.

Scotten stannade upp i sitt tuggande men sade inget, för han kom inte på något riktigt bra svar. Hans flickvän hade ju helt rätt i det hon sagt, det enda vapen han hade att tillgå, var sin stilett. Med sin vänstra hand kontrollerade han så att den låg kvar i byxfickan. Det var inte mycket att sätta emot ett skjutvapen, men alltid något, tänkte han.

- - - - -

Kapitel 14

Leila hade oftast lite svårt för att ta emot komplimanger när hon gjort något bra. Helst ville hon de gångerna bagatellisera det hela och inte ta åt sig äran i första taget. Efter det hon presterat tillsammans med Jesper tidigare under dagen, kändes det dock lite annorlunda. Samtliga kollegor gav henne massor av ovationer och hon fick kramar varvat med klappar på axeln, för att hon hade lyckats gripa gärningsmännen på ett så genialiskt sätt.

Petter ringde från tidningen till henne och insisterade på att få göra ett fett reportage om händelsen. Utan att riktigt tänka efter vad det innebar, okejade Leila det trots att hon inte var en person som gillade en massa publicitet.

-Måste jag verkligen vara med på bild i tidningen, jag menar, behövs det? undrade Leila oroligt när hon blivit grundligt utfrågad.

-Likväl som du vill göra ett så bra jobb som möjligt, måste du förstå att jag vill fixa en bra artikel. Jag ordnar det här så att du och dina kollegors arbete kommer att uppskattas för lång tid framöver. Såvida ni inte klantar till er förfärligt mycket den närmaste tiden, för då kanske det hamnar i media också, svarade Petter medan han tog några kort.

-Men det räcker väl med en liten notis, för jag är ganska obekväm med sådant här. Dessutom blir jag aldrig bra på kort, fortsatte Leila bekymrat.

-Hur stort reportaget blir, får i slutänden chefredaktören

bestämma. Visst lyssnar han väl en del på mig med, fyllde Petter i med på slutet, så tyst att hon inte hörde vad han sade. Inom sig visste Petter att det skulle bli hela förstasidan med färgbild plus minst en helsida inne i tidningen.

-Du förstår väl att jag inte kan låta dig skriva om allt angående de här personerna och gripandet av dem. Det kan ju förstöra utredningen, förklarade hon vidare.

-Det är lugnt. Vi gör som vanligt innan vi publicerar något, nämligen att vi låter dig läsa allt innan det trycks, berättade Petter lugnande.

-Okej, det låter ju bra, svarade hon med ett ansträngt leende. Inom sig ångrade hon redan att hon gått med på intervjun, mest för att hon fasade för hur bilderna på henne skulle bli.

-Nu är jag nog färdig, texten kan du få på mail om en timme. Hör jag inget, så räknar jag med att du tycker det är bra, sade Petter medan han satte på linsskyddet och stoppade ner sitt anteckningsblock.

-Skönt att det är över. Vi ses ikväll älskling, sade Leila lättad och pustade ut.

-Jag hörde att du och din chef varit ute och ätit en god lunch för att fira redan, men tror du att du vill ha något speciellt efter jobbet med? undrade han.

-Det vore kanske inte så dumt. Det är ju inte varje dag man lyckas befria samhället från sådana här personer, svarade Leila och log mot Petter innan de skildes åt.

-Ditt kap att gripa gärningsmännen har redan lett till att ytterligare åtta personer tagits in av polisen i Stockholm. På deras telefoner fanns kontaktuppgifter och meddelanden till personer som visserligen fanns i våra register, men som tidigare inte kunnat bindas till de här brotten, sade hennes chef nöjt när hon kom in.

-Det låter ju lovande. Vet vi ännu om de hade någon insider på banken med? undrade Leila.

-Vi har ännu inte hunnit kontrollera det, men jag är inte förvånad om så är fallet. Det är ju ganska märkligt hur de annars gång på gång kunde lyckas slå till vid rätt tillfälle, svarade Jesper eftertänksamt.

-Konstigt om de inte hittar min pistol som jag blev av med också bland de intagna i Stockholm, fortsatte hon.

-Faktum är att de hittat ett vapen som härör från oss, där uppe bland en massa andra. Det är dock inte bekräftat ännu att det var samma som du blev av med i samband med kidnappningen, berättade hennes chef.

-Ska vi börja förhöra dem nu, eller vad anser du är lämpligast? frågade Leila.

-Vi väntar ett tag med det. Först behöver vi gå igenom allt beslagtaget material som vi hittade på vinden. Vartefter tekniska gått igenom det och säkrat spår från det, så kommer grejerna hit. Det är massor, så vi har en del att göra, sade Jesper.

-Ja, det verkar logiskt att fastställa alla deras prylar och stöldgods först. Vi vet väl inte säkert än om de gjort sig skyldiga till liknande gärningar på andra platser. Jag menar, vi kanske finner samband som att det använts samma sprängmedel på fler ställen exempelvis, sade Leila.

-Det är absolut en sak som vi måste gå till botten med. Grattis en gång till för ett jäkla bra tillslag idag, sade han till Leila som bara log tillbaka.

- - - - -

Redan när Scotten väckts av sitt larm på tisdagsmorgonen, tänkte han skickat ett meddelande till Ludvig och frågat om Assar rört på sig. Innan Scotten hann sända iväg det, kom han på att det förmodligen dröjde ett tag innan Ludvig var vaken, så han beslöt sig för att inte skicka något. Som en lugnande tanke för honom kom det upp, att han säkert skulle få veta att Assar stod kvar, för det kände han på sig.

På Allsvets AB hade det kommit in många olika beställningar, så det fanns att göra hela tiden. Detta tillsammans med nervspänningen han bar på, gjorde att timmarna bara rusade iväg och någon direkt tid för att kontakta Ludvig blev det inte förrän han kom hem igen. För att inte avslöja deras avsikter i sina samtal och meddelanden försökte de så mycket som möjligt undvika att använda namn och handlingar i dessa. Även om de skulle ha ett vattentätt alibi genom att befinna sig i biljardhallen när Assar likviderades, så gällde det att inte göra bort sig på något annat sätt, tänkte Scotten när han ringde Ludvig.

-Allt väl? frågade Scotten när det svarade.

-Javisst, allt är okej. Det är bara det att jag fått så mycket att göra på jobbet den här veckan, men hör du inget från mig så kan du komma hit imorgon innan vi sticker och spelar biljard, svarade Ludvig och tryckte på röd lur.

Scotten tyckte att samtalet var väldigt kort, men förstod samtidigt varför det var det. Viktigast var ju trots allt att inget verkade ha kommit i vägen för att fullfölja planen, tänkte han. När han tittade på köksklockan, såg han att det borde vara runt tio minuter tills Lisa kom hem. Först tänkte han gått och mött henne igen, men ångrade sig lika snabbt. Med all säkerhet var Assar kvar i utkanten av stan och utgjorde därmed ingen risk, resonerade han. Medan han väntade på sin flickvän, gick han och kände efter i sin innerficka på jackan så att sprutan och drogen han skulle ge Assar låg kvar där. Det tillsammans med stiletten och ett par nyinköpta arbetshandskar var egentligen det enda han skulle behöva ha med sig kommande kväll. Allt annat skulle Ludvig fixa, för det hade han sagt. Hur Ludvig skulle kunna ta att han varit med och mördat en människa, visste ingen av dem. Hos honom själv kom ofta tankarna upp på, när han dödat en tvåbarnspappa genom att sparka honom och sedermera slängt ut personen från ett fordon som haft relativt hög hastighet. Visst kände han en viss avsmak för sin handling, men kunde oftast rättfärdiga det han gjort eftersom det hela utvecklat sig till en form av nödvärn. Det var antingen han själv eller tvåbarnspappan som skulle få leva vidare, något annat alternativ hade inte funnits. Scotten hoppades att det brottet liksom det de var i färd att göra, skulle förbli ouppklarat av polisen. Annars var risken överhängande att han inte hade någon som väntade på honom om han kom ut från ett längre fängelsestraff, spekulerade han vidare medan Lisa kom innanför dörren och gav honom en puss.

- - - - -

För en lång tid framöver skulle den mesta tiden gå åt till att lämna en så bra utredning till åklagaren som möjligt. Inte på någon punkt fick det finnas svagheter, för något sådant skulle gärningsmännens advokater omedelbart belysa och ifrågasätta, det var Leila fullt införstådd med.

Utredare från Rikspolisen hade anslutit till dem redan under tisdagsförmiddagen och hon gladdes åt att få vara med bland dem. Vid tidigare liknande tillfällen hade bara hennes chef Jesper deltagit, men nu var hon en av nyckelpersonerna och hon märkte att de övriga lyssnade på henne. Detta var något som egentligen förvånade Leila lite med tanke på att hon var ensam tjej bland dem. Kanske det hade en del att göra med den högaktuella #metoo-rörelsen, spekulerade hon.

-Nå, vad säger du Leila, tycker du om att jobba med mordutredare? frågade Jesper på en rast.

-Det är väl precis det här jag alltid har drömt om. Enda nackdelen är väl att min rygg inte accepterar att sitta still så värst långa pass, svarade hon.

-Det är risk för att det blir lite mycket av den varan, det kan jag hålla med om. Men det kan vara nyttigt och lärorikt att få se hur de arbetar. På så sätt vet du ju bättre vad för tjänster du ska söka när det ska tillsättas någon, fortsatte han.

-Blir det något annat vi ska arbeta med de närmaste veckorna eller kommer det enbart vara bankrånarna som gäller? undrade hon.

-Det får vi se, för det beror på hur det utvecklar sig. Är det hyggligt lugnt med nya brott i vårt distrikt framöver, så är det djupingarna i cellerna vi inriktar oss på. Samtidigt får vi vara beredda på att om det dyker upp något stort igen här, typ ett misstänkt mord eller liknande, så får vi gå emellan med det, svarade hennes chef medan han satte ifrån sig sin urdruckna kaffemugg. Leila nickade instämmande och följde med in till salen igen efter tiominutersrasten, för ett intensivt pass fram till

137

middag.

Trots det ruggiga vädret när hon cyklade hem, njöt Leila av att få komma ut efter en lång dag inomhus.

För att mjuka upp ryggen, blev det ett pass med yoga innan det var dags att gå och lägga sig.

Innan Leila somnade, tänkte hon på allt som hänt den senaste tiden. I fokus hamnade givetvis gripandet av bankrånarna som verkade ha ett större nätverk än någon anat. Just för tillfället var det bara den förbaskade artikeln med bilder på henne, som hon kände sig orolig för. Leila blev dock lite lugnare när hon tänkte att det ju faktiskt var hennes sambo som ansvarade för den. Det hon visste säkert var, att han aldrig skulle göra något dumt eller konstigt mot henne.

- - - - -

Lisa vaknade tidigt på onsdagsmorgonen av att det plingade till i hennes mobiltelefon. Först tänkte hon strunta i det, men till slut tog nyfikenheten över och hon kontrollerade vad det var.

"Du har nu förbrukat åttio procent av din surf, men du får gärna köpa till mer", stod det.

När Lisa såg att klockan redan var halvsex, blev hon lite kluven hur hon skulle göra. Egentligen var det inte lönt att försöka somna om, men på samma gång var det väl tidigt att kliva upp. Som en kompromiss låg hon kvar i sängen och passade på att läsa rubrikerna på några nyhetssajter, om vad som inträffat det senaste dygnet. Det hon fastnade för, var en stor artikel i lokaltidningen om gripandet där Leila varit hjälte.

-Godmorgon älskling, ligger du och fibblar med telefonen så här dags? frågade Scotten när han yrvaket stängt av sitt larm.

-Morrn själv. Visst, hittade en sak i tidningen om Ludvigs syster Leila. Det är en så bra bild på henne eller hur, svarade Lisa och visade honom.

-Jaha, men vad står det om Leila då? fortsatte han medan han satte sig på sängkanten.

-De fick fast rånarna igår tack vare henne. Hon är nog förresten överlycklig för att du fanns till hands när hon satte äppelbiten i halsen, sade Lisa.

-Det är möjligt. Ska jag brygga kaffe till dig med, eller vill du inte ha något? undrade Scotten.

-Jag kan ta en halv kopp så att jag inte får huvudvärk senare. Tyvärr är jag illamående idag med. Blir det inte bättre om ett par dagar måste jag söka för det, berättade Lisa samtidigt som hon gick till toaletten.

-Då vet du att jag och Ludvig åker iväg en sväng ikväll och kontrollerar om det är Assar som befinner sig i utkanten av stan. Förhoppningsvis står skåpbilen parkerad på samma plats och i så fall kan ju polisen få ett tips. Sedan har Ludvig bokat in oss i biljardhallen några timmar. Det ska bli kul att vinna över honom och ta några öl, berättade han vidare.

-Är du så säker på att du vinner då? Ludvig kanske spelar som ett proffs. Förresten så brukar väl du inte dricka öl mitt i veckan, hur tänker du kring det? undrade hon.

-Alla kan ju ha en bra dag, så visst kan han slå mig om han har en himla tur. Beträffande ölen får du inte glömma att det är lillelördag. Dessutom har jag inte tänkt supa mig full, förklarade Scotten medan han skrapade ur det sista i sin gröttallrik.

-Okej, då får vi hoppas att du vinner, för annars blir du väl helt knäckt, svarade Lisa och skrattade.

-Inga problem, jag fixar det lätt ska du se. Syns efter jobbet, sade Scotten innan han gav henne en kram och begav sig till arbetet.

- - - - -

Assar hade ingen aning om hur länge han dåsat i skåpbilen, än mindre när och hur han kommit dit. Långt borta drog han sig till minnes att såret i skallen gått upp efter att han sprungit in i en lyktstolpe, men allt var fruktansvärt dimmigt. Hans armar ville inte riktigt röra sig som förväntat och han förstod att tramadolen han gett sin kropp, bedövat honom rejält. Ändå skrek något inombords efter mer tjack. Inte för att han för tillfället hade speciellt ont, utan mer för att förebygga smärtan som han visste snart skulle komma annars.

Det kunde också vara så illa att han blivit grymt beroende av tramadol, men de tankarna sköt han snabbt åt sidan.

En stund senare när han varit ute för att tömma blåsan, kände han efter vad hans kropp förväntade sig av honom. Visst skulle han skjuta in en sil snart för skallen, men först kom han på att det var läge att få i sig något att äta.

Den nypa frisk luft han fått i sina lungor när han kissat, hade gjort att hjärnan klarnat lite.

Plötsligt kom Assar ihåg att han faktiskt fått med sig en del godsaker som han snattat i matbutiken. I de stora fickorna på sin jacka hittade han chokladkakor, smörgåspålägg och en butterkaka.

Först när han började äta, insåg han hur hungrig han

egentligen var och åt därmed upp precis allt.

Assar mådde betydligt bättre nu än när han vaknat för drygt en timme sedan, men insåg ändå att skadan han ådragit sig skulle försena hans planerade vedergällning. Snart var han även tvungen att få tag i mer smärtstillande för att slippa den förbaskade värken.

Om stölden skulle ske mot samma sjuksköterska som sist, eller om han skulle attackera någon annan, kunde han inte bestämma sig för.

Bekymret för tillfället var dock det, att när han var så här pass påtänd, klarade han inte av att fullfölja en sådan gärning. Risken var överhängande att han direkt skulle ta till övervåld och kanske därmed ta livet av någon, om han inte fick som han ville.

Det kunde till och med räcka att sköterskan inte hade med sig tillräckligt med droger som han tänkte sno, för att han skulle få frispel.

Dessa tankar som börjat snurra inne i hans huvud var för deprimerande för honom just nu.

För att komma ifrån dem, gav han sig själv en riktig skjuts från verkligheten, när han injicerade sin nyligen laddade spruta.

- - - - -

Kapitel 15

Det sista Ludvig gjorde innan han slutade jobba på eftermiddagen, var att ställa in en sextiofem tums TV bak i arbetsfordonet. En apparat som om den hade varit felfri, skulle kostat över trettiotusen. Nu var dock fallet så att det uppstått en mindre brand i den och apparaten var därmed i princip helt värdelös. Snabbt tänkte han igenom om allt var färdigt, såsom laddade komradio, rånarluvor och att isen i hinken var stenhård inne i frysskåpet.

När allt var kontrollerat, stack han hem för att äta lite och ta ett par muggar kaffe.

Två timmar senare tog han sin 9 5:a till jobbet och kom dit precis samtidigt som Scotten.

-Tjena, allt bra med dig? undrade Ludvig.

-Jag tror det, vågar egentligen inte känna efter ordentligt. Har du sett om Assars van körts iväg? frågade Scotten.

-Nej, den står kvar på samma ställe. Jag gjorde mig ett ärende åt det hållet tidigare idag och platsen är idealisk för vår plan. Inget annat än industrilokaler i närheten som tömts på folk senast vid sjutton idag, svarade han.

-Ska vi ta två bilar dit, eller hur har du tänkt? undrade Scotten.

-Nej, vi tar bara min gamla jobbarbil när vi åker dit. Sedan när vi har fått med honom, så passerar vi min firma och då tar du Saaben och följer efter mig till ett ställe ungefär en mil från stan, förklarade Ludvig.

-Okej, ska vi åka direkt? frågade Scotten.

-Först lämnar vi våra mobiltelefoner här så att de inte kan spåras senare och därmed antyda att vi trots allt befunnit oss där Assar kommer att hittas, fortsatte Ludvig.

-Okej och det är därför vi ska använda komradior för att kunna hålla kontakt med varandra förstår jag, sade Scotten.

-Visst, tänk bara på att inga namn eller platser får nämnas ens på dem, svarade Ludvig och räckte över en komradio till Scotten medan de tog plats i jobbarbilen.

Väl framme parkerade de bara några meter från vanen där de antog att Assar befann sig. Genast plockade Ludvig fram sin sändare för att förstärka bilnyckelns signaler som förmodligen Assar hade där inne. Redan efter ett par försök märkte han att det inte fungerade och Ludvig började svära tyst.

-Jag fick en Idè, ska kontrollera om det kanske löser sig ändå, sade Scotten medan han tog på sig sina arbetshandskar och gick ut.

Försiktigt tog han i handtaget till bakdörren för att känna efter om den var låst eller ej. Med ett brett leende förklarade han att det faktiskt gick att ta sig in utan såväl Ludvigs förstärkare, kofot eller någon reservnyckel. Scotten väntade med att öppna bakdörren på vid gavel tills Ludvig kom ut till honom. Båda log mot varandra för att operationen hittills gått bättre än de tänkt sig.

- - - - -

Assar visste först inte om han vaknade av en mardröm han haft, eller om det var något oväsen i närheten. Vad han däremot var fullständigt klar över, var att hela hans kropp reagerade som en geleråtta och han förstod

143

därmed att drogerna satt i rejält fortfarande. En fundering slog hans hjärna, om vilken tid på dygnet det kunde vara. Om någon frågat honom vilken veckodag det var, skulle han inte ens kunna svara på det, insåg han efter några sekunder.

När han kände att en sval luftström sipprade in från bakdörren, förstod han genast att det absolut var någon som försökte ta sig in. Snabbt sköt han bort tankarna om oväsentligheter som tider och veckodagar och började istället ivrigt famla efter sin pistol.

Nästan omgående hittade han den och försökte spänna alla sina sinnen för att om möjligt lyckas försvara sig. Det enda han hann att tänka innan bakdörren öppnades mer, var att pistolen kändes aningen lätt. Om det bara var inbillning, visste inte Assar och det fanns inte tid för att kontrollera vad det berodde på heller. Med ett vant handgrepp siktade han mot den plats där han anade att det snart skulle stå en inkräktare. Högra pekfingret vilade på avtryckaren och för att säkert träffa rätt, släppte han ut hälften av luften ur sina lungor och höll sedan andan.

- - - - -

-Här tror jag att det finns en resa som skulle passa oss! utbrast Petter när Leila kom hem.

-Vad bra! Jag handlade lite på väg hem från jobbet, så ska bara ställa in grejerna i kylskåpet så kommer jag och tittar sedan, svarade Leila.

-Det är till Teneriffa den tjugoåttonde december och en vecka framåt. Tror du att du kan få ledigt då? frågade han.

-Det borde gå om det inte inträffar något exeptionellt.

Flyger vi det datumet, så kan jag räkna med att jag får arbeta hela julhelgen. Vad kostar resan med allt? undrade hon medan hon tittade på bilder från hotellet.

-Fjortontusen etthundra spänn, men då är det faktiskt helpension så det ska inte tillkomma så mycket, förklarade Petter.

-Jag skickar ett meddelande till min chef direkt, så får vi se om han tycker det är okej. Gör han det så bokar vi med en gång, föreslog Leila.

-Jag har kontrollerat med Svenska kyrkan där och vigslar sker vanligtvis på fredagar. De kunde dock göra ett undantag och viga oss på nyårsafton trots att det är en söndag i år, fortsatte Petter.

-Låter ju lysande! Vet du om det är något mer vi behöver ha med just för giftemålet, förutom ringar? frågade hon.

-Vi måste ta med ett intyg om hindersprövning och en vigselblankett från pastorsexpeditionen. Dessutom ska vi ta med våra pass dit, även om hotellet insisterar på att behålla något av dem. I så fall får de väl ta en kopia eller något, berättade han.

-Löser det sig med vittnen och vad kostar det? frågade Leila samtidigt som det kom ett textmeddelande till hennes telefon.

-De fixar ett par vittnen där och priset är fyratusen niohundra kronor som vi ska sätta in på deras bankgiro, sade Petter.

-Jesper skriver här att jag får ledigt den veckan och hoppas att vi ska få det skönt, så nu bokar vi! sade Leila entusiastiskt.

-Jag kom på en sak förut som vi inte har diskuterat. För mig spelar det absolut ingen roll, så vi kan välja det som

145

du tycker passar bäst. Vilket efternamn vill du att vi ska ha? frågade Petter.

-Vi kan gärna ta ditt och heta Sandh, för det är fint. Fördelen med det namnet är att man förmodligen inte behöver bokstavera det hela tiden, för det kan ju inte stavas på så många sätt, svarade hon.

-Då kör vi på det. När ska vi köpa ringar, vill du förresten att vi gör det på nätet också? undrade Petter.

-Jag vill helst handla dem i en butik här, för dels är det nog lättare att verkligen se hur de ser ut då och sedan borde vi ju på det viset få varsin som passar perfekt, svarade hon.

-Ja, det kan nog vara en bra idè, om du vill kanske vi kan ta det imorgon eftermiddag efter jobbet, föreslog Petter medan han stängde av datorn.

-Det borde vi hinna för jag slutar nog vid halvfem då. Nu måste vi ha något att äta för jag är hungrig, svarade hon och gick mot köket.

-Vad härligt det ska bli att gifta sig med dig och dessutom få komma till värmen! sade Petter och följde efter henne.

- - - - -

När Scotten öppnat bakdörren halvvägs, hördes det ett klick inifrån vanen. Innan de konstaterat vad det var återkom ljudet två gånger till.

Plötsligt såg de Assar liggande på en madrass på golvet, samtidigt som han riktade en pistol rakt emot dem! Av någon anledning hade inget skott avlossats, tänkte Ludvig medan han snabbt hävde sig in och övermannade Assar. Några sekunder senare pressade Scotten in en nål i vänstra armvecket på Assar som med all säkerhet skulle få honom att hålla sig lugn ett bra tag.

-Tusan, det kunde slutat med döden för oss! Varför hände inget när han skulle skjuta oss? frågade Ludvig oroligt.

-Nötet hade ju inget magasin i pistolen, för det ligger ju där, förklarade Scotten och pekade.

-Vilken jäkla tur vi hade! Där ligger ett par sprutor till, då håller väl Assar på och knarkar redan, konstaterade Ludvig.

-Det ser så ut. Vi låter hans sprutor ligga kvar och även magasinet. Hans pistol stoppar vi i hans jackficka, sade Scotten.

-Okej, det kan vi göra. Du får förklara senare hur du tänker, men nu lyfter vi över Assar till min jobbarbil medan det ännu är lugnt här, sade Ludvig.

-Förbaskat vad det luktar bensin, har du inte fixat trimmern och gjort dig av med den läckande dunken än? undrade Scotten.

-Nej, de grejerna ligger kvar och det var tanken att de skulle göra. Du kan väl stänga bakdörren på Assars skåpbil. Polisen kommer få ett anonymt tips imorgon att den står parkerad här, har jag tänkt. Nu sticker vi härifrån! fortsatte Ludvig och satte sig bakom ratten och drog på sig rånarluvan.

-Visst, svarade Scotten medan han drog på sig sin.

-Ser väl lite misstänkt ut om vi möter någon och har de här på oss, eller vad tror du?

-För det första tror jag inte att vi syns speciellt väl genom de immiga rutorna och dessutom, om nu någon skulle göra det så är det ju inte vi som sitter här, svarade Ludvig och skrattade.

147

-Jaha, så du menar att det ska verka som att din skåpbil är stulen av exempelvis Assar och kanske en medhjälpare, svarade Scotten.

-Sådan är tanken. Förmodligen har min firmabil stulits på grund av att det ligger en sextiofem tums TV i den, förklarade Ludvig och garvade.

-Låter trovärdigt, om du vill kan du stanna på bakgatan här, så går jag till din Saab och kommer hit om någon minut. Har du bilnyckeln på dig? undrade Scotten.

-Visst, så kan vi göra. Se till att ta av dig rånarluvan nu, för annars går tipstelefonen varm hos polisen om någon ser dig gå omkring sådär, sade Ludvig och sträckte fram nyckeln.

Scotten kände hur hårt hans hjärta slog av stundens allvar. På samma gång som han var glad att allting hittills gått som smort, så var han livrädd för att de skulle bli ertappade. Hittade polisen dem nu med Assar drogad i Ludvigs jobbarbil, var det bara att räkna med ett antal år på kåken för människorov och misshandel.

När han kommit en liten bit, vände han sig om för att se hur väl det syntes att Ludvig hade rånarluva på sig där han satt bakom ratten. Till sin förvåning kunde han konstatera, att det var i princip omöjligt att se in genom de halvt igenimmade fönstren. Konturerna av Ludvig var långt ifrån skarpa och att han bar maskering över sitt ansikte gick inte att fastställa. Det kunde lika gärna vara på det viset att det satt en skäggprydd person där, vilket någon absolut inte skulle reagera på.

Scotten försökte gå på ett så naturligt sätt som möjligt, men kom på sig själv med att han gång på gång nästan småsprang som en kissnödig kärring. Med bara tio meter kvar till 9 5:an, tryckte han på nyckeln så att bilen låstes upp. Varje gång han satte sig i Ludvigs bil, förvånades han över hur fräsch och ny den kändes, trots att den var cirka sju år gammal. Om jag får råd någon gång vill jag ha en sådan här, tänkte han för sig själv och startade. Någon minut senare kom han till gatan där Ludvig väntade och med ett klick på komradion meddelade han att han var redo att hänga på. Till svar fick han två klick samtidigt som han såg att jobbarbilen började köra. För att inte väcka någons misstanke att de kompiskörde, lade sig Scotten runt hundra meter bakom.

Bara under de få stunder han vistats utomhus den senaste timmen, märkte han hur snabbt det gick att bli frusen och lite obekväm med vädret som rådde. Det berodde inte på någon bitande kyla precis, för det stod att yttertempen var fyra plusgrader. Istället var det den höga luftfuktigheten som tillsammans med den totala avsaknaden av solljus som låg bakom det hela. För att må bättre, höjde Scotten klimatanläggningen ett par grader och automatiskt ökade fläkthastigheten och en skön värme spred sig i kupèn.

Efter några minuter var de ute ur Nyköping och Scotten blev med ens lite lugnare. Här ute där det saknades gatubelysning och då den hyggligt nylagda asfalten sög upp nästan allt ljus, borde risken för upptäckt vara minimal. Visst kunde oturen vara framme, att de exempelvis var tvungna att byta däck för en punktering. Då var det möjligt att det uppdagades av någon vad de hade i lastutrymmet och därmed skulle allting vara förstört. Scotten försökte tränga undan de obehagliga tankarna, men var ändå medveten om att just dessa gjorde honom väldigt fokuserad på uppgiften de höll på att lösa.

Plötsligt såg Scotten att de mötte en polisbil och direkt fick han i det närmaste panik för vad som skulle hända! Efter att de mötts, såg han snutarnas bromsljus tändas! Det var ingen normal fartsänkning utan mer som en panikbromsning, antingen för vilt eller kanske i värsta fall för att vända och stoppa dem.

Några sekunder senare, vilka kändes som att de gick extremt långsamt, drog han slutsatsen att det inte var för deras skull som polisbilen gjort en häftig inbromsning. Snuten verkade stå kvar på exakt samma plats med sin fot gjuten på bromspedalen. Vad orsaken till detta var, kunde han bara spekulera i, men det kändes totalt oväsentligt så han försökte släppa det.

Framför honom såg han nu Ludvig börja blinka vänster, på samma gång som han märkte av en rejäl fartminskning. Förmodligen hade Ludvig växlat ner för att motorbromsa, men kanske fått i lite väl låg växel, tänkte Scotten och gav tecken han med.

- - - - -

Lisa satte sig i soffan och letade fram fjärrkontrollen under några tidningar. Efter att ha sappat runt bland de få kanaler de hade, insåg hon att det som vanligt inte var något som var värt att ägna tid att se på. När hon stängt av igen, tog hon sin bunke youghurt till sig och åt en sked. Innerst inne började hon på allvar bli orolig för vad som höll på att hända med hennes kropp. Trots att hon försökt tänka på att inte äta något som kunde vara för starkt för hennes mage, så blev hon alltmer illamående. Även halsbränna och värk nere i magen hade kommit de senaste dagarna, så hon befarade att hon drabbats av någon sjukdom. Om det var för dessa tankar som hon lätt blivit ledsen på sistone, visste hon inte.

Lisa ville verkligen prata med någon och berätta hur hon kände, men de hon först kom på gick det inte med. Scotten skulle spela biljard och hennes mamma höll i en kvällskurs.

Efter lite funderande kom Lisa på att hon förstås borde ringa Ebba som hon blivit bästis med. Med henne visste hon att det gick att snacka om precis vad som helst och kanske det viktigaste av allt, Ebba var inte en sådan som pratade vidare med andra vad man sagt.

Nästan direkt svarade Ebba när Lisa ringde.

-Hej, kände bara att jag behövde prata med någon för jag är lite nedstämd för tillfället, men jag vet inte om du har tid, sade Lisa undrande.

-Jag satt faktiskt och tänkte ringa dig ikväll, så jag pratar gärna med dig. Berätta nu varför du är ledsen, fortsatte Ebba.

-Jag mår illa, har halsbränna och känner mig dåligt till mods, svarade Lisa med gråten i halsen.

-Haha, jag tycker det låter som om du snart kommer bidra till att trygga mitt jobb när jag gått ut skolan, svarade Ebba och småskrattade.

- - - - -

Kapitel 16

Det pirrade i magen på Leila när hon öppnade dörren till guldsmedsbutiken. Inom sig var hon överlycklig för att hon funnit den rätte för henne att leva med och som förstås besvarat känslorna. Någon minut senare kom Petter in i affären efter att ha gått direkt från sitt arbete.

-Hej älskling, har du väntat länge? frågade han och gick fram och kysste Leila.

-Hej, nej jag kom själv alldeles nyss. Faktum är att jag redan vet vilka ringar jag tycker vi ska köpa. Ska bli kul att höra om du vill ha samma, sade hon och gick först till montern för att visa vilka de kunde välja bland.

-För mig spelar det egentligen inte så stor roll vilka vi tar. Om jag får gissa, så vill du att vi tar de där släta ringarna i silver, för vad jag förstår så är du inte så mycket för saker som är pråliga, sade han undrande.

-Faktiskt är det dem jag fastnat för, svarade Leila lyriskt.

-Så bra, då ska vi bara se till att vi får rätt storlek, det är nog vår tur efter henne där, sade Petter och nickade.

-Vad skönt att det löste sig så smidigt. Jag tror vi får skriva en lista med allt som måste ordnas och sedan bocka av punkterna vartefter, föreslog Leila när de lite senare gick ut från butiken.

-Det låter som en bra idè. Ta bara en sådan sak som att plocka fram sommarkläder och badbyxor mitt i vintern, hur märkligt känns inte det? frågade han.

-Visst, där har du en grej som vi inte får glömma. Visserligen finns väl precis allt att köpa där nere, men det känns ju lite onödigt att behöva göra det. Kläder till vigseln får vi också fundera på. Det kanske går att hyra på plats, eller vad tror du? undrade hon.

-Inte en aning, men som du säger, det måste vi reda ut innan det är dags att flyga. Förresten, ska vi inte festa till det lite och ordna lite take away mat att käka på, dagen till ära när vi köpt vigselringar? förslog Petter.

-Jag gick här och började bli lite besviken, för jag trodde knappast att du skulle komma på att fråga. Hur som helst, svaret är givetvis att klart att vi ska fira med gott käk! sade Leila och kramade om honom.

- - - - -

När de svängt in på den mindre vägen, började en ganska lång och krokig uppförsbacke. Scotten visste inte alls vart Ludvig tänkte köra, men förstod att det var väl genomtänkt på alla sätt. Bara efter några hundra meter var det slut på vägbeläggningen som bestod av oljegrus och istället blev det vanlig grusväg. Efter en soptunna som låg i dikeskanten, svängde Ludvig in tvärt till vänster på en knappt framkomlig skogsväg. I mitten på den växte det högt gräs som det hördes att bilens underrede tryckte ned.

Plötsligt hörde Scotten att Ludvig pratade på komradion. "Backa in bilen i gläntan till höger, sedan kan du komma hit", sade han.

-Är det långt kvar? frågade Scotten när han satt sig i passagerarsätet.

-Vi ska till ett sommartorp ett par hundra meter fram. Det ligger på en höjd alldeles intill järnvägen, förklarade Ludvig och körde sakta vidare. Jag såg platsen för första gången när jag råkade köra fel. Tanken var att jag skulle sätta upp en antenn på ett hus i de här trakterna, men

istället hamnade jag vid det här torpet som endast
används sporadiskt under sommarmånaderna, fortsatte
Ludvig medan bilen krängde på den dåliga vägen.

-Hur tänker du när vi kommer dit, jag menar vad gör
stället så optimalt för det vi ska göra? frågade Scotten.

-Dels ligger det väldigt isolerat och dessutom har sista
vägstumpen en perfekt lutning för ändamålet. Planen är
att det ska se ut som om Assar stuckit hit med den här
jobbarbilen som han stulit för mig. Kanske åkte han hit
för att gömma undan TV:n som ligger i lastutrymmet, för
att så småningom sälja den. När han kom fram till torpet
fick han problem med att få i rätt växel, eller rättare sagt
så fick han inte i någon alls utan rullade ner till
järnvägen där ett tåg mosade bilen med honom i,
förklarade Ludvig.

-Jaha, och det är någonstans innan bilen ska rulla
tillbaka och upp på spåret som du ska ha apterat din
fördröjningsapparat så att vi hinner härifrån, antar jag,
sade Scotten.

-Precis så har jag tänkt mig. På stambanan kommer
cirka ett tåg varannan minut, så när bilen väl hamnat på
spåret dröjer det inte länge förrän den blir påkörd. Den
lokförare som inte bromsar så att gnistorna yr, finns inte
på kartan. Det är där den läckande bensindunken som
med all säkerhet kommer att antändas, hjälper oss att
dölja de allra minsta spår som kan finnas, berättade
Ludvig medan han körde upp för sista backen.

-Vad ska jag göra nu? frågade Scotten när Ludvig
stannat och dragit åt parkeringsbromsen.

-Vi hjälps åt att placera Assars kropp på förarplatsen.
Under tiden jag tar på honom bilbälte så att han sitter

upp trots att han är drogad till medvetslöshet, vill jag att du frigör isen från plasthinken. Det är där jag tror att din stilett kan komma till användning, förklarade Ludvig.

-Fasen vad svårt det är att se i det här beckmörkret, sade Scotten när de lyfte ut Assar från lastutrymmet.

-Visst, men ögonen vänjer sig snart. Var noga med att behålla rånarluvan på, för skulle du exempelvis nysa, så kan det räcka för att spåra ditt DNA. Dessutom får du tänka på att inte ta av dig dina arbetshandskar, för även om vi räknar med att det börjar brinna när tåget kör in i jobbarbilen, så är det inget som går att ta för givet. Hittar de mina fingeravtryck på min bil är det ju rätt naturligt, men med dina kan det bli värre, förklarade Ludvig medan de satte Assar på plats.

-Då fixar jag loss isklumpen, sade Scotten och försökte ordna det genom att sparka i botten på hinken.

Det visade sig dock verkningslöst, så han fick ta fram sin stilett och skära upp hela hinken så att det blev två halvor. När han var klar, såg han att Ludvig gjorde ett hål stort ungefär som en människofot bakom vänstra framhjulet.

-Nu kan du ge mig isbiten och sedan lossa handbromsen sakta, instruerade Ludvig.

-Okej, ska jag inte stänga av motorn innan vi sticker härifrån med? frågade Scotten.

-Nej, den får fortsätta att gå. På den här gamla kärran är det inget automatiskt halvljus som går på när man startar, så när isen smält tillräckligt kommer bilen rulla ner till järnvägen i princip osynligt, förklarade Ludvig.

-Blir det bra så här? undrade Scotten när han kände att jobbarbilen stod kvar i lutningen utan någon parkeringsbroms åtdragen.

-Det fungerar perfekt! Det dröjer cirka tre timmar har jag räknat ut, innan den kommer i rullning. Kanske en timme hit eller dit, men det spelar ingen roll. Kom ihåg att ta med den sönderskurna hinken, sade Ludvig nöjt medan han reste sig upp.

-När vi kommer till biljardhallen ska jag bjuda dig på en öl för den här genialiska idèn, sade Scotten och skrattade.

-Plus att du får bjuda mig varje gång jag vinner! Kom nu, så sticker vi till Saaben och åker härifrån, sade Ludvig.

- - - - -

Leila tvekade lite när Petter frågade om hon ville ha ett glas vin till maten de tagit med hem. Mest för att det var mitt i veckan, men också för att hon hade en obehaglig känsla inom sig. Vad det riktigt kunde röra sig om visste hon naturligtvis inte, men hon erinrade sig att känslan funnits tidigare, just att det var något på gång.

För att inte låta sina vidskepliga tankar ta överhanden, så tackade hon till slut ja på Petters fråga.

Leila tyckte att hon just vunnit en seger, för hade hon istället tagit alla sina snurriga tankar på allvar, så hade hon förmodligen snart blivit kallad spåtant.

Tyvärr gnagde oron vidare trots att maten smakade bra. Egentligen borde ett glas inte spela speciellt stor roll, men faktum var att om det gick ett stort larm, så kunde det vara ödesdigert.

När de ätit upp och satt sig för att se en film, försvann lyckligtvis de jobbiga tankarna. Det var en komedi som ingen av dem sett tidigare. Båda ansåg att det var den bästa filmen de sett på länge, och de förundrades över att den fått så dålig kritik av de som recenserat den.

-Det är inte första gången jag ser en film som skrivits ner av experter och som sedan visar sig vara jättebra, sade Leila.

-Proffsen kanske tittar mer på hur väl filmen är gjord och hur skådespelarna agerar. Sedan går det väl inte att komma ifrån att smaken är väldigt olika hos de som tittar. Det gäller ju även konst, mat och böcker, spekulerade Petter.

-Så är det förstås, men du får ju erkänna att det var ganska märkligt att alla proffs ansåg att det vi såg var dåligt och vi tyckte tvärtom, fortsatte hon.

-Jo, jag håller med dig. Ska vi ha en kopp kaffe innan vi går och lägger oss? undrade han.

-Ja tack, det tar jag gärna! svarade Leila. Några sekunder senare kom hon på att det förmodligen skulle bli svårt att somna efter att ha fått koffein i sig, men ville inte avbryta Petter som redan hunnit ut i köket. Under tiden han var där, kom hon efter lite uträkningar fram till att alkoholen vid det här laget redan måste vara förbränt. Leila lovade sig själv att aldrig mer sätta sig i samma taskiga sits igen och ta ett glas när hon hade jour. Den här gången hade det visserligen gått bra, men det var inte värt att någonsin chansa i framtiden.

- - - - -

Lisa satt tyst med telefonen i ena handen och försökte ta in det Ebba just sagt. Att inte tanken slagit henne själv var riktigt pinsamt, för det Ebba anat verkade alltmer logiskt.

-Tusan, det kan faktiskt vara som du säger! Jag känner mig så otroligt dum bara för att du fick tala om det för mig, sade Lisa till slut.

-Det är ju så mycket för dig ändå att tänka på just nu, så det är väl inte speciellt konstigt om du inte tänkt riktigt klara tankar. Sedan är det ju bara ett antagande av mig, klart att du måste ta ett test för att kontrollera hur det är, fortsatte Ebba.

-Ja, det får jag gå och köpa ett meddetsamma när vi pratat färdigt. Märkligt att inte Scotten förstått det heller, för han vet om att jag mått illa en tid, svarade Lisa.

-Det är väl med min bror som med oss alla nu, att det varit mycket problem dygnet runt med den där Assar. Annars hade det nog varit det första ni kommit på, sade Ebba.

-Kan det här stanna mellan oss så länge? Jag menar, för jag vet ju inte säkert än om jag är gravid, undrade Lisa.

-Det är klart att jag inget säger till någon. Ikväll skulle väl Ludvig och Scotten spåra upp Assar och vad jag förstod så tipsar de sedan polisen var han finns. Därmed borde det ju bli lugnt så vi alla kan koppla bort det problemet. Jag berörs ju bara indirekt, men det är fullt tillräckligt. Lyckas Assar skada någon av er, skulle det kännas som en katastrof även för mig, fortsatte Ebba.

-Jag har också uppfattat att de tänkte göra så. Kommer du till Nyköping på fredag som vanligt den här veckan med, så att vi kan träffas? frågade Lisa.

-Som det ser ut blir det nog redan imorgon torsdag. Det har varit mycket att göra i början på veckan, men denna liksom förra blir lugn i slutet, förklarade Ebba.

-Då kanske vi kan ses och ta en fika om du kommer till stan skapligt. Då har jag ju testet klart, plus att vi vet lite mer om Assar är gripen, fortsatte Lisa.

-Det kan vi nog göra. Om inte tåget är försenat är jag i Nyköping till halvåtta på kvällen, svarade Ebba.

-Passar bra, för jag stänger klädaffären vid arton. Du kan väl komma hit en sväng innan du sticker till Ludvig då, föreslog Lisa.

-Det gör jag gärna. Hör du inget från mig, så dyker jag upp senast åtta med lite gott fikabröd, sade Ebba innan de avslutade samtalet.

- - - - -

-När jag kört fram några meter med Saaben, kan du väl ta den där granruskan och försöka resa upp gräset där bilen stått, föreslog Ludvig samtidigt som han lade in kofoten och det som återstod av plasthinken där bak.

-Ja det kanske är bäst, annars börjar de väl undra varför det är hjulspår här, svarade Scotten.

-Det kan nog räcka med en sådan sak, så gör det ordentligt. Försök att skyla spåren ut på vägen här med, fortsatte han och pekade.

-Visst, jag gör så. Tacksamt ändå att det skulle komma regn till natten, det borde ju kunna sudda ut ditt däckmönster när vi åkt härifrån, spekulerade Scotten och hämtade ruskan som blåst ner.

En stund senare när de kommit ut på stora vägen, dröjde det inte länge förrän de såg en bil på dikeskanten som hade varningsblinkers på.

-Var det här någonstans du sa att du sett att vi mötte en polisbil som nitade? frågade Ludvig.

-Ja, precis här. Men det där ser ju inte ut som snuten, sade Scotten.

-Nej, det där är säkert någon som håller på med eftersök

efter påkörda djur som skadats men ändå fortsatt från platsen, svarade Ludvig.

-Tusan, jag tyckte att jag såg ett dött vildsvin ligga på vägrenen! sade Scotten skärrat.

-Det är ju ett flockdjur, så antagligen har polisen kört på minst ett vildsvin till som skadats istället och flytt från platsen, sade Ludvig.

-Tänk vilken jäkla tur att inte vi körde på dem, det hade ju kunnat bli vår värsta mardröm! Kan bara rört sig om någon sekunds marginal att snuten körde på dem innan djuren hunnit över på vår väghalva, fortsatte Scotten.

-Antagligen har du helt rätt i det. Vi får väl se det som ett tecken på att hela vår operation kommer att gå lysande, fortsatte Ludvig.

-Ja, nu känns det som om inget kan gå snett, men det är väl inte värt att ta ut någon seger än. Det behövs ju bara att vi missat någon liten skitsak för att vi ska kunna bindas till Assars död, sade Scotten oroligt medan de passerade stadsgränsen.

-Jag ställer bilen på besöksparkeringen utanför er lägenhet i natt. Hemma hos mig har jag en granne som har superkontroll på allt och alla, så där tänker jag inte parkera ikväll. Sedan går jag och hämtar den imorgon, förklarade Ludvig.

-Det går fint, för där brukar alltid finnas några platser lediga. Jag kom på att det måste väl vara en bra idé att jag drar mitt kort för ett par öl direkt när vi kommer till biljardhallen. På så sätt ser de ju exakt vilken tid vi kom dit ikväll, föreslog Scotten.

-Jag har tänkt på det och visst är det så vi ska göra. Åtminstone en gång i halvtimmen kan vi handla något där och dra våra kontokort, svarade Ludvig medan han körde in på gästparkeringen.

-Jäklar, jag tror det är polisen Jesper som kommer gående rakt emot oss! Han känner igen mig och jag har redan fått ögonkontakt med honom. Vad ska vi göra? undrade Scotten när de börjat gå från Saaben.

-Ber han att få titta i bagageutrymmet så kanske han undrar varför det ligger en kofot där, annars har vi väl inget att vara oroliga för? svarade Ludvig lugnt.

-Nej och den har du ju lagt en filt över, så det är nog ingen fara. Men tänk om han frågar vad vi haft hink-resterna till som jag går och håller i? undrade Scotten oroligt.

-Säg att någon roat sig med att lägga den under bilen förut. När vi skulle åka iväg så lät det som om det var fel på bilen, men att det var en gammal hink som skrapade i backen under Saaben. Om du slänger den i källsorteringen för plastförpackningar som du förmodligen tänker göra, så är det väl inte helt okej, men snuten lär inte bura in dig för det, fortsatte Ludvig.

-Hej konstapeln, allt väl? frågade Scotten.

-God kväll, jo allt är fint med mig, svarade Jesper medan han tittade lite undrande över vad Scotten höll i.

-Vi har bokat ett biljardbord i spelhallen, du kanske vill med och ta en match? frågade Ludvig för att få över samtalet till något annat.

-Det skulle i och för sig vara trevligt, men då undrar nog frun vart jag tagit vägen. Ni får ha det så trevligt själva, svarade Jesper leende och fortsatte.

-Det var väl inga problem, sade Ludvig när Scotten kom tillbaka från återvinningscontainern för plast.

161

-Puh, nej det verkar ju som det löste sig över förväntan. Förresten, varför tog du med kofoten från jobbarbilen, det kan du väl köpa en ny? frågade Scotten.

-Den är nämligen med som en viktig del i min plan. Under tiden du injicerade sprutan på Assar, så passade jag på att plantera hans fingeravtryck på kofoten. I morgon bitti när jag kommer till arbetet, ska det se ut som om jag haft inbrott. Dörren är uppbruten och nyckeln till jobbarbilen är stulen. I den låg en stor fin TV i lastutrymmet, som förmodligen var orsaken till stölden, kommer jag säga när jag anmäler brottet, berättade Ludvig.

-Låter faktiskt väldigt troligt. Dessutom kommer de då förstås hitta kofoten med samma fingeravtryck som i hans skåpbil i utkanten på stan, fortsatte Scotten.

-Exakt så ska det bli har jag tänkt mig. Leila sade ju till dig att typen inte fanns i deras register, men ser de sambandet mellan fingeravtrycken så vet de att det rör sig om samma person, svarade Ludvig.

-Jäklar, nu tror jag att allt skiter sig! utbrast Scotten och stannade.

-Vad är det, har vi missat något? frågade Ludvig.

-Jag tror att jag har tappat min stilett! Tänk om den ligger kvar där jag skar upp hinken. Visserligen hade jag handskar på mig ikväll, men det finns säkert gamla fingeravtryck på den, fortsatte Scotten medan han återigen kände igenom sina fickor.

-Det var ju mindre bra. Om jag inte minns fel var det den du delade syrrans äpple med. Hon lär väl känna igen stiletten om hon hittar den, svarade Ludvig bekymrat.

- - - - -

Kapitel 17

Jesper njöt av att gå en sväng på kvällen efter jobbet då han arbetat dagskift. Visserligen kom han alltid ut lite när han åkte till och från stationen, men det var alldeles för lite. Under de här promenaderna fick han tid att i lugn och ro tänka dels på problem som uppstått på jobbet, men även sådant som han önskade få gjort hemma. Ibland följde hans fru Britta med, men på senare tid hade de tillfällena blivit alltmer sällsynta.

Antingen hade hon en kvällskurs eller så satt hon och babblade med någon väninna i telefon. De samtalen var bland det värsta för Jesper att behöva lyssna på, så därför gick han oftast ut. Hur mycket han än försökte att koppla bort tjattret när de ringde varandra, så gick det inte. Britta sade ibland att det var en yrkessjukdom hos honom, som gjorde att han alltid var tvungen att tjuvlyssna på vad som sades i alla lägen.

Just nu funderade han på Scotten och senaste mötet med honom för en liten stund sedan.

Han anade att de inte velat ha några frågor om det som såg ut som en trasig hink. Detta grundade han på att Leilas bror snabbt fört över samtalet på något annat. Ludvig hade sagt att de tänkte gå och spela biljard, kanske för att dölja något dunkelt de varit inblandade i, spekulerade Jesper vidare. Även hur hinken gått sönder egentligen, var en grej Jesper undrade över medan han satte nyckeln i dörren för att låsa upp när han kommit hem igen. Precis när han tagit av sig jackan, hörde han att Britta avslutade ett telefonsamtal. Det luktade

163

nybryggt kaffe, så han förstod att hon redan fixat det. Väl i säng en stund senare, försökte han skjuta sina grubblerier åt sidan och tänkte istället på den hotellweekend han och Britta bokat in i början på december. Jesper var glad för tipset han fått för några år sedan av en kollega, att just positiva tankar var det som gällde om man ville somna smidigt. Bara efter några minuter kände han att kroppen slappnade av och att andningen blev lugnare. Det finns möjlighet till sju timmars sömn om inget väcker mig innan väckarklockan ringer, var det sista han tänkte, sedan somnade han.

- - - - -

-Fasen, jag har totalt tappat lusten för att spela biljard, utbrast Scotten när de började gå igen.

-Jag kan inte annat än hålla med, men det är nog viktigt att vi håller fast vid planen vi gjort. Vi måste ha ett fullgott alibi för natten också, även om snuten sett oss i stan nyss, förklarade Ludvig.

-Undrar om jag kan ha tappat stiletten i bilen, vi kanske skulle gå tillbaka och kolla? föreslog Scotten.

-Jag förstår hur du tänker, men nu är klockan snart tjugotvå och det är väldigt mörkt på parkeringen där Saaben står. Risken är stor att någon tror att vi försöker stjäla något om de ser oss där med ficklampor. Det är bättre jag tittar efter den imorgon när det ljusnat. Däremot kan vi sticka och hämta våra mobiltelefoner nu, svarade Ludvig.

-Ja okej, det kanske är bäst. Det skulle bara vara så jäkla skönt att veta om den låg där så att vi slapp att oroa oss, fortsatte Scotten medan han ytterligare en gång kollade sina fickor.

-Stiletten kan lika gärna följt med hinkhalvorna du slängde, eller så kanske den ligger vid granruskan där vi hade bilen parkerad. Med lite tur är alla fingeravtryck borta om någon hittar den. Dels använde du ju handskar och dessutom skulle det ju som sagt komma lite regn inatt, spekulerade Ludvig medan han gick in på jobbet och hämtade telefonerna.

-Får väl försöka gå på din linje. En stor fördel måste helt klart också vara, att stiletten har ju inte använts som mordvapen, sade Scotten medan han höll upp dörren till biljardhallen när de kommit dit en stund senare.

-Så måste vi tänka. Upp med humöret nu, de som ser oss här får ju inte tro att vi är här på någon jäkla likvaka! sade Ludvig och dunkade Scotten i ryggen.

-Nej, det har du rätt i. Vi är ju här för att fira att det finns ett as mindre i livet, svarade Scotten tyst så att bara Ludvig kunde höra det.

-Precis, nu är det dags för dig att använda ditt kort och köpa öl till mig. En stor stark, tack! sade han och garvade.

-Nästa omgång lär du få bjuda på, för jag tänker vinna den, svarade Scotten självsäkert.

-Jag funderar på om vi skulle skriva något till våra flickvänner om att allt gått hyggligt hittills, men jag vet inte riktigt hur vi ska formulera det utan att ljuga, sade Ludvig när Scotten kom med två stora sejdlar.

-Vi skriver att vi hittat det vi sökte, samt att vi har pratat med polisen. Båda sakerna är ju hur sanna som helst. Sedan att vi sövde ner aset och flyttade på honom, tar vi givetvis inte upp. Lika lite som att vi i stort sett bara frågat snuten Jesper om han ville med och spela biljard och inget annat, föreslog Scotten och tog fram sin telefon.

-Det där är perfekt, förmodligen precis vad tjejerna vill veta, svarade Ludvig leende och plockade fram sin mobiltelefon och började skriva ett sms till Ebba.

-Möjligt att de somnat redan, men känner jag dem rätt så är det här ett sådant meddelande de gärna väcks av, sade Scotten när han var färdig.

-Förmodligen är det så. Även om du har en jäkla tur ikväll och leder lite, så var det skitkul att komma hit och spela. Det får vi göra fler gånger, sade Ludvig.

-Visst är det trevligt, särskilt som jag fått fyra öl betalda av dig hittills, svarade Scotten och garvade.

-Nästa runda får det nog bli kaffe som bjuds istället, för jag vill inte bli tagen för rattfylla imorgon, fortsatte Ludvig.

-Vi kör på det, det är ju faktiskt en ny jobbardag snart. Ska vi spela tills de stänger klockan tre? frågade Scotten.

-Vi kan väl kika på nyhetssidorna när vi dricker kaffe om en stund. Står det något om en olycka på stambanan med en bil inblandad så tycker jag att vi kan dra oss härifrån, svarade Ludvig innan han gjorde en stöt.

-Ja, det är klart att det är det som styr. Nu har det gått tre timmar sedan vi lade ditt isbiten och stack, så snart borde väl bilen komma i rullning, spekulerade Scotten.

-Visst är det så om mina beräkningar stämmer. Hade de inte spelat musik så förbannat högt härinne, skulle vi hört sirener från utryckningsfordonen om det redan skett, men nu är det ju i princip omöjligt, konstaterade Ludvig.

-Skit också, nu vann du! Jag hämtar ett par koppar kaffe och varsin bulle, så kan du passa på och kolla mobiltelefonen, föreslog Scotten.

-Lyssna nu får du höra: "Bil rammad av tåg. Osäkert om någon är skadad.", lyder rubriken på en nyhet som kom för en minut sedan, upplyste Ludvig när Scotten kom med en bricka.

-Perfekt, då vet vi att bilen hamnat på spåret. Står det inget mer, typ att fordonet börjat brinna eller hur det gått för lokföraren? frågade Scotten oroligt.

-Det kanske står mer att läsa, men då måste man vara prenumerant. Visserligen kan man betala en krona och gå in och läsa just den här artikeln, men jag tror att det kan vara dumt. Det skulle nämligen inte förvåna mig om polisen senare kan kolla vilka personer som varit inne och läst om olyckan mitt i natten, förklarade Ludvig.

-Är det så är det givetvis bäst att låta bli det. Viktigast är ju ändå att vi var här och spelade biljard när det hände, svarade Scotten och garvade.

-Så här långt har allt gått planenligt och det är skönt. Det känns som en stor sten fallit från bröstet nu när vi vet att Assar inte finns mer, sade Ludvig.

-Ja, för det finns väl absolut ingen chans att han överlevt, eller vad tror du? Jag menar, tänk om tåget bara nuddat jobbarbilen, i så fall kanske han lever och är vid medvetande nu, undrade Scotten.

-Om vi nu antar att han överlevt överdosen du gett honom och att tåget inte fått in en fullträff, så är det ju ändå rätt så lugnt. Assar kommer ju aldrig kunna förklara varför han stulit min jobbarbil efter ett inbrott på TV-firman. Dessutom har vi ju som sagt varit här hela kvällen. Enda problemet i det scenariot är ju att vi får göra om planen lite och snarast klippa honom på något annat sätt, fortsatte Ludvig.

-Då verkar det inte som om vi behöver vara kvar här längre i alla fall, det är väl bäst att gå hem och försöka få några timmars sömn istället, föreslog Scotten.

-Det är nog vad som gäller. På morgonnyheterna lär de säkert komma med fler upplysningar om olyckan, så dem får vi inte missa, sade Ludvig.

-Vi har en radio i köket, så jag kan lyssna vad de säger. Apropå nyheter, meteorologerna hade tydligen rätt om att det skulle komma regn i natt. Fy tusan vad det känns oskönt! utbrast Scotten när de kom ut.

-Jag kan inte annat än hålla med dig. Kanske ändå bäst att vi går över torget och slänger våra arbetshandskar i den stora papperskorgen vid skoaffären. Den vet jag att den töms varje morgon. Säkrast att de verkligen försvinner direkt och inte på något sätt kan förknippas till oss, föreslog Ludvig.

-Jaha, om du säger det så. Jag tror aldrig jag har haft ett par bättre handskar, men det är väl bara till att köpa ett par nya, muttrade Scotten till svar.

-Sedan anser jag att vi försöker vara väldigt sparsamma med att skicka meddelanden till varandra, åtminstone det närmaste dygnet. Blir det något riktigt akut så vet du ju att jag sitter på TV-firman och pular, för någon har ju stulit min jobbarbil, sade Ludvig och garvade.

-Ja, just det. Jag kan ju komma förbi ditt jobb när jag slutat istället. Då borde väl det mesta vara offentliggjort, svarade Scotten.

-Gör gärna det. Jag går hem och knyter mig nu så syns

vi efter sexton då, sade Ludvig.

-Visst, jag dyker upp. Förresten, när tänker du hämta din Saab på vår gästparkering? frågade Scotten.

-Jag kan följa med dig hem och ordna det då. Antagligen skulle jag blåsa positivt i en utandningskontroll nu och det vill jag inte riskera, svarade Ludvig innan de skildes åt.

När Scotten kom innanför deras lägenhetsdörr försökte han göra allt så tyst som möjligt för att inte väcka Lisa. Bäst vore om han kunde gå och lägga sig utan att tända lyset, för en gatlampa utanför sken upp lite ledljus även inne hos dem, tänkte han och tog av sig skorna. Tanken var god, men den sket sig tyvärr fullständigt när han kom ut i köket.

I sin iver att smyga, glömde Scotten totalt bort att Knasens matskål stod vid spisen där han skulle passera. Den rostfria skålen med torrfoder skramlade så pass att han själv hajade till och tog ett snedsteg rakt i vattenskålen som var gjord i samma material.

Med lysrörslampan tänd hade han drygt tio minuter senare städat upp efter sig och gick småsvärande till sängs.

-Fasen, är det du som väsnas så förbannat? jag trodde vi hade inbrott som det skramlade i köket, sade Lisa yrvaket när han lagt sig.

-Det var bara jag som snubblade på Knasens matskål. Dessutom hällde jag ut allt vatten med, förklarade Scotten.

-Antagligen har du väckt hela huset. Jag fick i alla fall ditt meddelande förut att det gått bra. Det känns så himla skönt att allting är över, eller tror du att Assar blir frisläppt ganska snart? undrade Lisa som kvicknat till lite.

-Jag förmodar att vi slipper se honom för lång tid framöver. Jag vann förresten över Ludvig i biljard, ska du inte ge mig en kyss för det? frågade Scotten och vände sig mot Lisa.

-Usch, vad du stinker gammal öl! När du luktar så där får du inte pussa på Knasen ens! svarade Lisa och vände sig bort.

-Så farligt kan det väl inte vara, men visst blev det en sju till åtta sejdlar som Ludvig fick bjuda på för att jag spelade så bra, sade Scotten och log.

-Då får vi hoppas att du sover ruset av dig på några timmar, för klockan är tre på morgonen nu! Kanske bäst du går till jobbet istället för att cykla, föreslog hon.

-Jag får se hur jag känner mig, sov gott nu älskling, sade han och kysste henne i nacken. I samma sekund kände han Knasens varma päls parkera mot sitt bakhuvud.

- - - - -

Leila kände sig hyggligt utvilad och sneglade på klockradion. Exakt halvfyra stod den på och med sin vänstra hand kontrollerade hon hur mycket plats hon hade till Petter, för hon tänkte lägga sig på mage och sträcka ut armar och ben. Till sin förvåning märkte Leila att hon var ensam i dubbelsängen och genast spetsades hennes sinnen för att bringa klarhet i vad det kunde bero på. Efter vad hon kunde erinra sig så kunde det inte finnas några naturliga förklaringar till varför han inte låg på sin sida. Hade det lyst i badrummet eller köket, så kunde han befunnit sig där, men lyset var definitivt släckt i hela lägenheten.

Plötsligt hörde Leila en nyckel vridas runt i ytterdörren och efter några sekunder öppnades den och någon smög in. Helst ville hon ropa för att höra om det var Petter som kom in, men beslöt sig för att istället smyga upp. Vid nattduksbordet låg en polisbatong som hon av säkerhetsskäl placerat där för sådana här tillfällen. Ljudlöst fattade hon den med sin högra hand och förflyttade sig ett par meter så att hon hamnade bakom sovrumsdörren.

Samtidigt som Leila dragit upp sin arm med batongen i ett läge som gjorde att hon snabbt kunde slå ner en angripare som kom in till henne, så hörde hon fotsteg komma närmare.

Osäkerheten om det var Petter eller en angripare som tagit sig in i lägenheten, medförde att Leila insåg att hon absolut måste fastställa vem det var, innan hon utdelade ett förödande batongslag. Tack vare att hon hade totalt mörker bakom sig, vågade hon kika fram för att se vem som rörde sig i hallen.

Till sin lättnad fick hon se Petter och kunde andas ut.

-Jag började undra var du var. Vad har du gjort ute? frågade Leila medan hon snabbt gick till sängbordet och obemärkt lade tillbaka batongen. Detta för att inte Petter skulle få för sig att han hade en schizofren flickvän.

-Lite efter tjugofyra ringde redaktionen mig och sade att det hänt en olycka på stambanan. De bad mig sticka dit lite kvickt och göra ett reportage så att det skulle komma med i dagens tidning. Kommer du inte ihåg att jag sa det till dig innan jag stack? frågade Petter medan han tog av sig sina jeans.

-Nu när du säger det, så har jag ett svagt minne av att

du sade det. Jag gick ju av min jour vid midr att, annars hade de väl kontaktat mig med, svarade Leila och lade sig i sin säng samtidigt som hon tände Petters lampa.

-Hur som helst så var det nog en jäkla otäck historia. En jobbarbil hade blivit rammad av ett godståg och fattat eld. Har det suttit någon i den bilen så är det säkert någon som fått sätta livet till, fortsatte Petter.

-Kunde du inte se vad det var för bil eller om det stod något firmanamn på den? undrade Leila.

-Nej, bilen hade släpats med nästan en kilometer och brunnit, så era tekniker får nog något riktigt besvärligt att ta itu med, förklarade han vidare.

-Usch, så otäckt. I den här lilla staden kan det ju mycket väl vara någon vi känner, spekulerade hon.

-Visst kan det vara så, men på samma gång så är det väl bara ett visst klientel som åker på de absolut minsta vägarna som finns, mitt i natten, svarade Petter och släckte sin sänglampa.

-Förmodligen är det som du antyder, att det är någon brottslig gärning sammankopplad med det här. Det låter lite misstänkt i alla fall, svarade Leila.Trots att hon inte skulle vara på jobbet förrän sju, gick hennes hjärna på högvarv för vad Petter berättat. Ett tag tänkte hon sticka iväg till stationen omgående för att hjälpa till, men visste att hon hade bra kollegor som redan var på plats. De skulle med all sannolikhet tycka att hon inte skulle lägga sig i något så länge hon inte hade arbetstid, förmodade hon. De två timmar som var kvar tills de skulle stiga upp, frågade hon ut Petter om detaljer som han iakttagit.

- - - - -

Kapitel 18

För en gångs skull var Scotten snabbt uppe ur sängen
den här torsdagsmorgonen. Han ville hinna duscha och
klä på sig innan de regionala nyheterna började halvsju.
Precis när han satt sig vid köksbordet för att äta frukost,
berättade de att det skett en tågolycka med en bil
inblandad utanför Nyköping. I över en kilometer hade
fordonet släpats med och man befarade att minst en
person omkommit. Tydligen visste de inte speciellt
mycket mer, utan sade att det kom mer fakta under
senare sändningar.
Lite besviken över att inte fått veta mer, gick han ner och
låste upp sin cykel för att åka till Allsvets AB.
Scotten var glad över att han inte kände sig det minsta
bakfull. Det enda han märkte, var att han kanske blivit
något ljudkänslig. Får jag bara på mig ett par
hörselkåpor på jobbet, så kommer jag förmodligen snart
vara helt återställd, spekulerade han och trampade iväg.
Ett tag tänkte han cyklat förbi Ludvig direkt för att få veta
om han hört något mer än vad som sagts på radion,
men avfärdade snabbt den idèn, för det fanns helt enkelt
inte tid till det. Det var nu bara en kvart kvar tills han
senast var tvungen att stämpla in, så det blev till att öka
farten lite för att hinna.
Inom sig var han lite kluven, för det fanns just nu saker
som var riktigt bra och en del som han var grymt orolig
för. Att Assar tillintetgjorts var ju förträffligt, men att Lisa
mådde allt sämre på förmiddagarna vägde över åt fel
håll. I hennes ögon hade han sett en rädsla som aldrig

173

funnits där tidigare.

Miste han Lisa, skulle det bli väldigt tungt att orka leva längre, tänkte Scotten när han svängde in på bakgården vid jobbet.

- - - - -

-Morrn chefen, har du hört om tågolyckan inatt? frågade Leila när hon fick syn på Jesper vid cykelstället utanför polisstationen.

-Ja, men jag vet inga detaljer. Jag tänkte att vi sticker ut dit en sväng innan vi fortsätter med utredningen om rånarna. Personalen från Rikskriminalen börjar ju inte förrän klockan åtta, så sticker vi direkt så borde vi vara tillbaka tills dess, föreslog hennes chef.

-Ja, det vill jag gärna. Är teknikerna redan på plats så vi kan få reda på lite av dem? undrade Leila medan hon hämtade bilnycklarna i ett skåp.

-Med all säkerhet så är åtminstone Lisbeth där och hon har nog en del viktig information att delge. Hon bör ju i alla fall kunna säga om det var en ren olycka, eller om det ligger ett brott bakom, fortsatte Jesper medan de tog plats i bilen.

-Ja, hon brukar ju vara extremt snabb på att kunna ge bra svar om hon så bara tittat en liten stund, svarade Leila och började köra.

-Vet du exakt vart vi ska? frågade Jesper.

-Ja, ska sanningen fram så har min murvel till pojkvän redan varit där och tittat. Du må tro att när han kom hem tidigt i morse så var det jag som höll förhör med honom, sade hon och skrattade.

-Jaha, det kan jag tro om dig. Berätta lite vad han fått fram, för det kan vara intressant att höra vad en journalists ögon sett. Jag menar, han är ju inte miljöskadad och ser brott i alla möjliga händelser, utan är kanske lite mer objektiv, sade hennes chef.

-Möjligt att det är så. Det som förbryllade mig lite när han berättade, var att det såg ut som om bilen rullat bakåt upp på spåret. Har föraren fått fel på bilen och rullat så, borde ju personen ha kunnat bromsa i alla fall. Dessutom har tydligen lokföraren sagt att han sett att motorn var igång, för det rök från avgasröret på bilen, fortsatte Leila.

-Det tyder ju på att föraren varit vid medvetande om motorn gick. Skulle bromsarna av någon anledning inte alls fungera, kunde han ju bara hoppat ut i farten, spekulerade Jesper.

-Visst är det så. På köpet tror jag att bilen stod stilla på spåret när tåget kom, så då hade ju personen tid att kliva ur. Frågar du mig så låter det som ett klockrent självmord, svarade Leila medan de bara hade några hundra meter kvar till olycksplatsen.

-Ja, det kan det givetvis vara. I och för sig låter det lite invecklat för att ta livet av sig, men kanske ändå inte. Det ska bli intressant att höra vad kriminalteknikerna har att säga, svarade hennes chef innan de stannade och klev ut.

-Här har jag verkligen fått något att bita i! utbrast Lisbeth när hon såg dem.

-Jag kan ana det, tror aldrig att jag sett något mer demolerat bilvrak, svarade Jesper.

-Lokföraren har sagt att bilen i stort sett började brinna redan vid kollisionsögonblicket och att branden var väldigt intensiv. Jag måste få in vraket till labbet och göra en ordentlig fingranskning innan jag uttalar mig mer. Banverket är på oss hela tiden att de behöver rensa spåret för att kunna släppa på tågtrafiken igen, så det är bäst att de får det. Vore jag som er så skulle jag söka lite bland saknade personer och stulna fordon. Någonstans i den där plåthögen borde jag hitta en registreringsskylt, men det kanske dröjer, förklarade Lisbeth.

-Vi kontrollerar det när vi kommer till stationen. Tack för allt, vi måste sticka in till rikskrimmarna nu, svarade Leila.

-Det kan bli lagom tidsmässigt. Det tar bara en kvart in till stan, så då kan vi kolla det Lisbeth tipsade om innan åtta, svarade hennes chef och tog plats i passagerarstolen.

-Visst har jag vid det här laget sett ganska många döda människor, men fy tusan för att vara kriminaltekniker och hitta söndertrasade kroppsdelar överallt som i det här bilvraket, sade Leila medan hon startade.

-Ja, där någonstans tror jag att min gräns också är passerad. Visserligen har väl det mesta brunnit upp i just det här fallet, men jag förstår vad du menar, svarade Jesper och suckade.

-Om det inte skett några försvinnanden i natt eller stulits något fordon som kan stämma in, får vi väl helt enkelt vänta på att Lisbeth hittar en registreringsskylt för att kunna gå vidare, spekulerade Leila.

-Det får vi se när vi kommer in till polisstationen, svarade Jesper samtidigt som hans mobiltelefon ringde.

"Hej, det är jag, Lisbeth, som ringer redan. När ni precis hade åkt härifrån kom lokföraren hit med en

registreringsskylt som fastnat på loket. När jag
kontrollerade den, så stod det att fordonet ägs av ett
företag, nämligen TV-firman i Nyköping", berättade hon.
-Hjälp, där jobbar ju min bror Ludvig! skrek Leila och
styrde ut till vägkanten och stannade.
-Ja, när du säger det så kommer jag ihåg att du sagt det
till mig. Så fruktansvärt! sade Jesper medan han
knäppte upp sitt bälte för att byta plats med Leila.
-Jag vet inte vad jag ska ta mig till, hjälp mig! vrålade
hon hysteriskt med sina händer för sitt ansikte.
-Det behöver ju faktiskt inte ha varit någon i fordonet
över huvud taget när det träffades av tåget. Vad jag än
säger, så hjälper det inte, men du måste ha hoppet kvar
att han är oskadd, fortsatte Jesper samtidigt som han
gasade på för fullt in mot stan.
-Tänk om Ludvig är död, fortsatte Leila snyftande.
-Faktum är att jag träffade honom tillsammans med
Scotten igår kväll en kvart före tjugotvå. Då frågade de
mig om jag ville med och spela biljard, och så vitt jag vet
är väl biljardhallen öppen till tre på morgonen vissa
nätter. Jag menar, det är ju märkligt om de istället fick för
sig att de skulle ut och åka med firmabilen mitt i natten,
förklarade hennes chef samtidigt som han med
skrikande däck svängde in på parkeringen.
-Jag orkar inte följa med in än så du får gå själv, viskade
Leila samtidigt som tårarna rann längs hennes kinder.
-Sitt gärna kvar en stund du, om det känns bäst för dig.
Jag hoppas verkligen att det inte hänt din bror något,
fortsatte han innan han rusade in på stationen.
Till svar nickade bara Leila, för det var det enda hon fick
fram. Tanken på att aldrig mer få träffa sin lillebror som

hon på sistone fått så bra kontakt med, var helt vedervärdig.

Några minuter senare såg hon att hennes chef kom ut igen.

-På med bältet, vi ska åka direkt! Jag berättar på vägen, befallde Jesper och hoppade in bakom ratten.

-Är det något riktigt akut på gång? frågade Leila med gråten fortfarande i halsen.

-Din bror ringde medan vi var ute vid tågolyckan och stöldanmälde sin jobbarbil. Det har tydligen skett ett inbrott i TV-firman sedan han stängde igår kväll, förklarade hennes chef samtidigt som han fick bromsa in hårt för ett par trötta ungdomar, som förmodligen skulle till skolan.

-Menar du att han lever, det är ju fantastiskt! svarade Leila lyriskt och började gråta ännu mer.

-Det ska bland annat ligga en kofot utanför hans företag som Ludvig inte känner igen. Har vi tur kan det finnas fingeravtryck på den som i sin tur pekar ut personen i den mosade bilen på järnvägen, fortsatte han och stannade vid TV-firman.

-Hej syrran, jag har tittat runt lite i lokalen, men jag tror inte att det saknas något av värde. Det enda som tagits verkar vara min jobbarbil och bilnycklarna som brukar hänga här, sade Ludvig och pekade på en krok.

-Hej Ludvig, vi sågs ju igår kväll. Fanns det något stöldbegärligt i jobbarbilen som kanske orsakat stölden? frågade Jesper som fått ta emot ett telefonsamtal precis när de stannat.

-Ja, det var lite typiskt, för där bak låg en TV för trettiotusen. Jag tvekade lite igår innan jag gick hem om

178

jag skulle vänta med att lasta den tills idag, men resonerade att det kunde vara skönt att ha det gjort. Har ni några spår efter min jobbarbil? undrade Ludvig och tittade på Leila och hennes chef.

-Jag kan väl säga så mycket, att det nog är lämpligt för dig att se dig om efter ett annat fordon att åka i. Vi tar med kofoten för att försöka hitta ledtrådar på den, svarade Leila yrkesmässigt och tog fram ett par handskar och en stor påse.

-Okej, ni menar att jag kanske aldrig får tillbaka fordonet. Den var ju visserligen rätt gammal, men jag fäste mig ändå vid den, svarade Ludvig.

-Vet du om allting fungerade på bilen när den stals? Jag såg nyss att den inte är besiktigad på ett år och att den skulle in senast om en vecka, fortsatte Jesper undrande.

-Om du tänker på låsen så vet jag att de var felfria. Det enda som krånglade rejält, var väl växellådan som kunde kärva. Ibland hoppade växlarna ur och då var det i stort sett nödvändigt att stänga av motorn för att få i en växel igen, förklarade Ludvig.

-Men bromsar och belysning, det fungerade som det skulle? frågade Jesper och spände ögonen i Ludvig.

-Vad jag vet så var allt okej. Jag har en inbokad tid för besiktning om en vecka och jag är inte orolig för att åka dit med den, sade Ludvig.

-På det viset, svarade Jesper medan han tänkte att den bilen skulle med all säkerhet aldrig gå igenom en besiktning igen.

-Bra, det var nog allt i nuläget. Jag har dokumenterat skadorna och tagit en del bilder. Du får själv ringa ditt försäkringsbolag och anmäla, förklarade Leila.

-Hör av er så snart ni hittar min bil. Så länge måste jag ta min privatbil och det är jag egentligen inte så road av, sade Ludvig innan poliserna åkte iväg.

-Varför kör du inte direkt till polisstationen? frågade Leila när hon märkte att de åkte åt helt fel håll.

-När vi kom hit, fick jag ett samtal där de sade att det stod en övergiven vit skåpbil i utkanten av Nyköping. Har vi tur kan det ju vara Assars fordon, svarade Jesper.

-Ja, det är ju fullt möjligt. Assar har vi ju dessvärre inget DNA på, sade Leila eftertänksamt.

-Nej, men med lite tur så finns det fingeravtryck på kofoten som överensstämmer med dem vi hittar i skåpbilen. Om det är så, har vi nog bundit en gärningsman till en massa brott, svarade Jesper.

-En gärningsman som med stor sannolikhet inte är i livet längre, spekulerade Leila och suckade.

-Det kan vara på det viset som du säger, men det är även då ett uppklarat brott från vår sida, fortsatte hennes chef.

-Ja, och oss två emellan, så är det väl ingen större förlust för samhället att bli av med en sådan djuping som Assar, fortsatte hon.

-Haha, nu börjar du resonera som vanligt folk! Akta dig bara så att inte fel person hör dina åsikter, svarade han och garvade.

-Är det den skåpbilen som står parkerad där? frågade Leila när de kom fram.

-Det kan det mycket väl vara. Du kan kolla vad jag antecknade för registreringsnummer på lappen där, svarade Jesper och ställde deras fordon bredvid skåpbilen.

-Numret stämmer, det är väl ändå bäst att vara skjutberedd om någon är beväpnad därinne, svarade Leila och tog fram sitt tjänstevapen.

-Visst, men kom ihåg den skottsäkra västen med, sade Jesper och öppnade bakluckan.

-Tror du vi kan se in i fordonet, eller måste vi slå sönder en ruta för det? frågade hon.

-Allra först knackar vi på för att få veta om det är någon därinne som vill öppna. Därefter kan vi ju kontrollera om den verkligen är låst, fortsatte Jesper.

-Nu har vi knackat några gånger men ingen öppnar. Är du skottklar, så känner jag på bakdörren om den är olåst? undrade Leila.

-Jag är beredd, du kan försöka öppna, svarade hennes chef.

-Det är inte låst, sade Leila upphetsat.

-Fortsätt öppna, vad jag kan se hittills så verkar det inte finnas någon därinne, svarade han samtidigt som han riktade sin pistol in i skåpbilen.

-Tusan, där ligger ju ett magasin till ett skjutvapen! sade Leila ivrigt när hon själv kikade in.

-Ja, helt riktigt. Dessutom ser det ut som om någon här har injicerat friskt, för redan nu kan jag se sex sprutor, svarade Jesper.

-Är det läge att spärra av runt fordonet, eller ska den tas in så tekniska får titta på allt? frågade Leila.

-Ordna några fingeravtryck från exempelvis ratt och växelspak, så ser jag till att fordonet blir transporterat till polisstationen under tiden, svarade hennes chef och tog fram sin mobiltelefon.

- - - - -

Kapitel 19

Ebba jublade inombords när hon fick veta att eftermiddagens lektioner blivit inställda. Därmed kunde hon ta ett tidigare tåg hem och möta upp Lisa när hon stängde klädaffären. Klockan var tjugo i sex när hon anlände till Nyköping, så med en rask promenad borde hon hinna. På vägen gick hon förbi ett konditori och tänkte först gå in och köpa varsin bakelse där, men ångrade sig i sista stund. Tanken slog henne, att om Lisa inte var med barn så var det ju inte speciellt lämpligt att komma med goda bakverk för att fira hemma hos henne.

Vid närmare eftertanke tyckte hon att det faktiskt var lämpligare att inte ta med något fikabröd alls, utan istället vore det bättre att ta en gofika på stan. På det viset fanns ju ingen risk att Scotten skulle komma hem efter jobbet och störa. Visst skulle han väl få veta om att han var på gång att bli pappa snart, men det gjorde ju inget om det dröjde lite tills Lisa och hon fått ha en trevlig stund på ett cafè först.

-Hej Ebba, är du redan i stan? vilken glad överraskning! utbrast Lisa när hon fick syn på henne.

-Hej vännen, jo jag kom loss lite tidigare, svarade Ebba och gav Lisa en kram.

-Jag ska bli mamma! viskade Lisa i örat på henne samtidigt som hon besvarade kramen.

-Så jäkla kul, det är ju fantastiskt! svarade Ebba.

-Jag undrar vad Scotten tycker om att vi ska bli föräldrar snart, fortsatte Lisa medan de började gå därifrån.

-Jag är övertygad om att han kommer att bli överlycklig. Jag vill bjuda på en riktig gofika härinne för att fira, sade Ebba och nickade in mot ett kvällsöppet cafè.

-Ja, det kan du väl gärna få göra. Förmodligen lär jag väl gå upp i vikt ändå framöver, men några hekton hit eller dit spelar väl ingen roll, svarade Lisa och hängde på.

-Nej, det tror jag inte att det gör. Du måste ju tänka på att du måste äta för två ett bra tag framöver, fortsatte Ebba medan hon höll upp entrèdörren.

-Tur då att jag arbetar i en klädbutik och har bra rabatt, så jag kan köpa större kläder vartefter, svarade Lisa och skrattade.

-Förresten, har du hört något från killarna om hur det går med deras sökande efter Assar? Det kom ett sms i går kväll, då Ludvig skrev att de hittat typen och att de snackat med polisen, men sedan har jag inte hört något, sade Ebba undrande med oro i sin röst.

-Scotten kom hem sent inatt och var halvfull. Han snubblade på Knasens matskålar, så förmodligen väckte han de flesta grannarna. Det verkade inte som om han visste så mycket, eller så ville han inte berätta allt. Tolkade jag honom rätt så tror jag väl ändå att det mesta gått bra och att Assar snart grips, förklarade Lisa.

-Min brorsa, var han berusad mitt i veckan? Vet du om Ludvig också var packad? frågade Ebba förtretat.

-Killarna spelade biljard till efter två inatt och vad jag förstod så bjöd de väl varandra på öl efter varje omgång. Jag har inte sett Ludvig idag, men jag är tämligen säker på att det var hans bil som stod på gästparkeringen hos oss i morse, förklarade Lisa.

-Jäkla fyllbult, det får han allt förklara för mig sedan!

fortsatte Ebba.

-Det är väl lugnt så länge han inte har småbarn att ta hand om eller sitter och kör bil berusad. Det får du väl ändå medge att det var bra att han lät bilen stå, fortsatte Lisa.

-Ja, det var ju förmildrande men att dricka mitt i veckan är väl inget som de får sätta i system, muttrade Ebba medan hon fyllde på sin kaffekopp.

-En kund som var inne mitt på dagen berättade att det skett en tågolycka i natt, såg du något av det när du åkte hit? frågade Lisa.

-Det var mörkt hela tiden så det gick inte att se något, men jag märkte att de saktade in på ett ställe strax före Nyköping. Jag hörde ett par prata om det på tåget och vad jag förstod så var det en bil som blivit stående på spåret. Det är allt jag vet, förklarade Ebba.

-Usch så hemskt, då kan man väl förmoda att det är någon som omkommit där, svarade Lisa och ryste.

- - - - -

-Du kan lämna in kofoten och fingeravtrycken från skåpbilen till Lisbeth och säga att vi vill höra om det finns någon matchning. Tala om att det kan finnas en knytning till tågolyckan, sade Jesper när de parkerade vid polisstationen.

-Ja, det fixar jag. Säger jag att det är brådskande så kanske hon tittar på det direkt, svarade Leila medan hon knäppte loss sitt bilbälte.

-Det gör hon säkert, för Lisbeth anar nog att det är bråttom med det, sade Jesper.

-Häller du upp en mugg kaffe till mig under tiden? så att det får svalna lite tills jag kommer, frågade hon.

-Precis vad jag tänkte. Har du några goda smörgåspaket med dig idag som du tänker bjuda på? undrade Jesper medan hon tog fram påsen med kofoten i.

-Javisst har jag ett rejält smörgåspaket med till mig, men jag visste inte att du ville ha av det, svarade hon osäkert.

-Ha! jag bara skojar med dig. Jag dricker helst en slät kopp så här på förmiddagen, svarade Jesper och garvade med ett kluckande läte.

Leila började skratta med, inte så mycket för att hon blivit lurad, utan mer åt Jespers läte som återkom ibland när han skrattade.

När hon kom tillbaka från Lisbeth, stod en rykande mugg kaffe framställd på bordet. Leila tog fram sina smörgåsar och började äta, medan tankarna gled iväg på hur det kom sig att just Ludvigs bil kanske blivit stulen av Assar. Det var ju ännu inte helt säkerställt, men under den minut hon varit kvar på kriminaltekniska avdelningen, så verkade avtrycken matcha.

Leila anade att Ludvig och i synnerhet Scotten, kunde tänkas gå långt för att bli av med en typ som Assar. Hittills hade hon inga belägg för sina farhågor, men inom sig fanns en gnagande oro för att hennes bror just gjort sig skyldig till ett av de grövsta brotten man kan begå. Vidare hann hon tänka på att det fortfarande inte var fastställt om rånarna haft någon bankanställd som talat om för dem, när det fanns fullt med kontanter i uttagsautomaten. Det hade skett vid för många tillfällen för att det skulle kunna vara en tillfällighet, resonerade hon.

-Jag ser att du sitter och grubblar på något, är det något

med jobbet? frågade hennes chef.

-Just nu tänker jag på hur vi ska kunna kontrollera om rånarna haft någon insider, svarade Leila när hon tuggat ur munnen.

-Helt klart pekar det i den riktningen. Men vid de förhör som våra kollegor har hållit, så har inget framkommit, svarade Jesper.

-Hur ser det ut i rånarnas telefonlistor, finns det inga samtal till banken bland dem? frågade hon.

-Fanns inte ett dyft där heller som pekade ut någon. En möjlighet vi har kvar som i och för sig är rätt så tidskrävande, är att gå igenom övervakningsfilmerna över vilka som besökt banken. Då bör vi kunna fastställa om någon av rånarna varit där och samtalat med en av de anställda, spekulerade hennes chef.

-Vi kan inleda med att hålla förhör med de anställda, jag menar, det kanske vore det enklaste, föreslog hon.

-Jag pratade med min fru Britta som arbetar i en av kassorna, om hon trodde att det skulle ge något men hon hävdade att det med största sannolikhet rörde sig om ren tur från rånarnas sida, att det funnits fullt med pengar just när de slagit till. Dessutom ansåg hon att lättaste sättet att ta reda på om det var påfyllt nyligen, var att kolla när värdetransportbilarna levererade, fortsatte han.

-Med andra ord borde vi kolla upp de som utför transporterna också, svarade Leila.

-Visst finns det många sätt att finna ett eventuellt svar på frågan, grejen är ju dock som vanligt var vi ska lägga tyngdpunkten på våra resurser, svarade Jesper och suckade.

-Om det dessutom är som du antyder, att de som hjälpt till kanske fått betalt för att ge dem upplysningar, så är det inte så lätt att få dem att erkänna, sade Leila.

-Möjligt att det går att se om det gjorts insättningar på någons konto som sticker ut, annars kan det bli svårt, påstod Jesper.

-Hur länge är de från Rikskriminalen här och hjälper till med utredningen? undrade Leila.

-Det senaste jag hörde när du var hos Lisbeth, var att de är här veckan ut. Det har visat sig att härvan växer för varje dag, men att det mesta styrts från Stockholm, svarade hennes chef.

-Jaha, men hur blir det med frågan om det funnits en insider på banken, sköter de den uppgiften också? frågade hon.

-Det vet jag inte riktigt säkert, men jag antar att det blir vårt bord att försöka lösa. Dyker det inte upp fler brott som måste fixas akut så tror jag vi ska klara av det, fortsatte han samtidigt som det plingade till i hans mobiltelefon.

Nu är det bekräftat att det var samma fingeravtryck på kofoten som de du hittade på ratten i skåpbilen, sade Jesper när han läst det.

-Men fordonet som rammades av tåget, går det att hitta några DNA-spår i det efter den våldsamma branden? undrade Leila.

-Jag tror inte Lisbeth går bet på det även om det så är ett helt förkolnat lik hon får undersöka. Finns det ingen kropp i fordonet alls, kan det nog dock bli värre. Allt är ju totalt utbränt och demolerat i den. Men det är bara rena spekulationer från min sida, fortsatte han.

-När vi får svar på om det fanns någon i Ludvigs jobbarbil, kan man ju undra. Det skulle ju vara så bra att veta menar jag, om Assar satt i eller om han befinner sig någon helt annanstans, sade Leila eftertänksamt.

-Som du säger, har han stulit TV-firmans bil och sedan lyckats hoppa ur den när den rullade bakåt för att han inte fått i någon växel, så har vi ju problemet kvar, svarade Jesper dystert.

-Då får vi verkligen hoppas att Lisbeth snart kan ge oss besked om det satt någon i fordonet, samt att hon i så fall kan identifiera hen, svarade Leila och suckade.

- - - - -

Scotten trampade så fort han kunde till Ludvigs arbete när han slutat jobba. Visst kände han av lite av knäskadan, men tänkte att det nog inte var någon nackdel om det värkte lite. Skulle han bygga upp musklerna där igen, så var det nog en sak som fick göra lite ont, spekulerade han. Ivrigt öppnade han dörren till Ludvig när han kom fram, för att få höra om det dykt upp några nyheter om Assar.

-Tjena Scotten, har någon jagat dig hit eftersom du är så andfådd, eller har du ingen kondition? frågade Ludvig och skrattade.

-Du anar nog varför jag skyndade mig hit. Vet du något mer än det som sades på radion i morse? undrade Scotten.

-Egentligen inte, men syrran och Jesper var här förut idag och samtalet med dem tror jag gick lysande, berättade Ludvig.

-Vet du om de hittat Assars skåpbil med magasin och sprutor med? frågade Scotten vidare.

-Det förmodar jag att de har gjort. Jag ringde anonymt från en kvarglömd kontant telefon och tipsade att det stått en skåpbil länge på ett ställe i utkanten av Nyköping, förklarade Ludvig.

-Bara det att vi inte blivit hämtade av polisen ännu tyder ju på att planen varit perfekt, sade Scotten och log.

-Visst är det positivt, men vi ska nog inte jubla för högt så länge vi inte vet var din stilett har tagit vägen. Kanske dags att jag följer med dig hem så kan vi söka igenom Saaben tillsammans, föreslog Ludvig.

-Ja, det har visserligen redan börjat skymma men den borde vara lätt att hitta om den ligger där, svarade Scotten och började gå mot ytterdörren.

-Värker det mycket i knäet ännu? undrade Ludvig när de kommit en bit.

-Nej, det är inte så farligt. Att cykla är lindrigast, för då blir det inte så hårda stötar som när jag går, förklarade Scotten.

-Om du vill kan du ju cykla före, så dyker jag upp så småningom, föreslog Ludvig.

-Visserligen skulle jag kunna åka hem och sätta på lite kaffe, men jag är rätt ivrig att få hitta min stilett. Helst vill jag nog att vi letar efter den innan vi fikar, svarade Scotten och fortsatte att leda sin cykel.

-Då gör vi det, så smakar det ännu bättre sedan, sade Ludvig och log.

-Om vi hittar den ja, annars vet jag inte riktigt var vi ska leta efter den, muttrade Scotten till svar.

Där Saaben var parkerad lyste en gatlampa upp väl, så det gick att se bra utan ficklampa. Efter några minuter kunde de dock konstatera att stickvapnet måste ligga någon annanstans. Modfällda gick de upp till lägenheten och satte på varsin kopp.

-Vad vill du ha till? undrade Scotten när kopparna var fyllda.

-Det går bra med skorpor för det känns inte läge för något annat nu, svarade Ludvig och satte sig vid köksbordet.

- - - - -

-Nu ringer de från kriminaltekniska, då kanske vi får ett besked om vem som satt i bilvraket! sade Jesper hoppfullt och svarade.

Efter ett antal hummanden till svar i sin mobiltelefon tryckte han på röd lur.

-Var det inget positivt meddelande? undrade Leila som satt mitt emot.

-Nej, inte det minsta. Lisbeth har cyklat omkull och gjort sig illa i en fot, så hon sitter på akuten. Det innebär att undersökningen av bilvraket kommer att dröja och därmed får vi ju inte fastställt vem som satt bakom ratten, svarade Jesper och tittade ner i golvet.

-Så himla typiskt, vi får hoppas att hon inte har brutit något. Jag kan inte låta bli att tänka på det hon sade vid olycksplatsen, att det kunde dröja innan hon fått fram en eventuell kropp att fastställa identiteten på. Är det möjligt tror du, att föraren slungats ut ur jobbarbilen när den träffades av tåget? frågade Leila och tittade spänt på sin chef.

-Först tänkte jag avfärda din idè direkt, men om man tittar tillbaka på kollisioner, inte minst med tåg eller tunga fordon, så händer det ju ibland att människor hittas en bit därifrån. Med tanke på att loket är försett med plog i fronten, så verkar det fullt möjligt att exempelvis en kropp kan slungats iväg en bra bit från spåret, spekulerade Jesper och såg fundersam ut.

-Ska man hårdra hypotesen lite längre ändå, så är det väl fullt realistiskt att Assar lever än, om det nu var han vill säga, fortsatte Leila.

-Det är klart att det kan vara på det viset. Kanske inte så troligt, men ändå en sak som vi måste gå till botten med. Så länge vi inte funnit en människokropp så står vi kvar på samma ställe känns det som, förklarade hennes chef.

-Visst tycker man att de som var först på plats borde kollat av området en bra bit från rälsen, men det var ju inte idealiska förhållanden att söka i, sade Leila.

-Nej, det var ju ett riktigt skitväder just då. Helt klart är att vi får åka ut och titta själva, för har den som skickats iväg av exempelvis plogen landat mjukt, så kanske hen bara är skadad, sade Jesper.

-Du säger hen, tror du att det är någon annan än Assar som vi letar efter? frågade Leila.

-Det mesta tyder ju på att det är han. Fingeravtrycken från kofoten som låg utanför TV-firman överensstämde ju med dem vi hittade i den övergivna skåpbilen, så det är ju odiskutabelt. Men vi måste hitta en kropp, levande eller död för att kunna fastställa att det rör sig om samma person, svarade Jesper.

-Går det här före samarbetet vi haft med rikskrimmarna, så vi ska åka ut och leta med en gång? frågade Leila.

-Absolut, det är min åsikt. Jag ska informera dem om läget så åker vi ut sedan, sade Jesper och reste sig upp.

- - - - -

Kapitel 20

När Lisa kom hem så hade Ludvig nyligen tagit sin bil och åkt hem till sig. Hon förstod först när hon såg Scottens skor på hallmattan att han var hemma.

-Hej, jag har en glad överraskning till dig! sade Lisa när hon tagit av sig sin jacka.

-Hej älskling, det låter spännande! Vad är det för något? undrade han och gick och mötte henne.

-Du ska bli pappa, grattis! sade hon och kysste honom.

-Så trevligt! är det därför du mått litet konstigt sista tiden? undrade han och kramade henne.

-Det kan nog vara det som är förklaringen, sade Lisa.

-Tror du att jag klarar av att bli farsa, jag menar att det är väl massor att hålla reda på? frågade han med viss oro i rösten.

-Det blir ju lika nytt för mig, men tar vi en sak i taget så löser vi det säkert, svarade Lisa medan hon sträckte fram en stor chokladkartong.

-Jag måste nog sätta mig lite för jag blir totalt chockad! För mig kom det så oväntat, jag var liksom inte beredd på att det skulle kunna ske just nu. Men jag är väldigt glad åt det, svarade Scotten.

-Jaha visst, du kanske skolkade de gångerna de nämnde hur det går till, men då föreslår jag att du googlar lite för att lära dig hur man gör barn, svarade Lisa och skrattade.

-Haha, jag kan hålla med om det jag sade lät konstigt, men det är nog för att jag inte har fattat det än, sade Scotten med ett brett leende.

-Jag känner att det redan luktar kaffe, är det nybryggt?

undrade hon och började gå mot köket.

-Allt är urdrucket av Ludvig och mig, men vänta så sätter jag på mer. Det här måste ju firas, så bra att du köpte med choklad! utbrast Scotten.

- - - - -

-Du kan köra, så lägger jag in positionen på GPS:en där Ludvigs jobbarbil rullade ut på spåret, föreslog Jesper och tog plats i passagerarsätet.

-Visst, det var vid ett sommartorp, eller var det inte så? undrade hon.

-Jo, efter vad kollegorna berättade så ska det visst ha varit det. De sade också att det låg väldigt enskilt och otillgängligt, så det tyder ju på att det inte var första gången som gärningsmannen åkte dit, fortsatte hennes chef.

-Tror du att vi hittar en tjuvgömma där, för Ludvig talade ju om att det låg en fin TV i bagageutrymmet? undrade Leila samtidigt som hon körde iväg från parkeringen.

-Det skulle ju inte direkt förvåna mig om det är så. Vanligtvis går de tillväga på det sättet att de låter stöldgodset svalna lite innan de försöker avyttra det, fortsatte Jesper.

-Precis och dessutom vill de väl inte riskera att ertappas med det förrän värsta sökdrevet lagt sig, sade hon.

-Jag hörde av de som varit på platsen före oss, att det var näst intill omöjligt att vända vid torpet. Därför föreslog de att vi skulle backa in bilen och ställa den i en glänta ett par hundra meter innan, berättade han.

-Då gör vi det så att vi slipper köra fast. Ska vi gå på varsin sida spåret sedan, mellan torpet och där tåget slutligen kunde stanna? frågade Leila medan de kom utanför Nyköping.

-Vi får se hur omgivningarna ser ut, men det måste väl bli något sådant som du säger. Även om det är lite bökigt att ha den skottsäkra västen på sig, så anser jag att det är läge för det. Se även till att vara skjutklar ifall det behövs, befallde Jesper.

-Jag förstår hur du tänker. Assar kan givetvis leva men på samma gång inte ha förmåga att ta sig härifrån för att han är skadad, fyllde Leila i.

-Vi ska inte heller bara leta efter Assar, det kan så klart även ligga delar från bilen en bit ut i naturen. Har han suttit bältad kan mycket väl stolen följt med honom och skyddat en del när den tog mark, spekulerade han.

-Är det efter den liggande soptunnan som jag ska svänga till vänster? frågade hon.

-Ja, det stämmer och sedan är det bara en liten bit tills vi ska parkera, sade Jesper.

-Jag behöver visst fylla på mitt magasin, kan du ta fram min väst också? undrade Leila innan hon klev ur bilen.

-Javisst, det är inga problem, svarade han samtidigt som han hörde en gren knäckas en bit därifrån.

-Vad tusan var det? frågade Leila som också hört det.

-Inte en aning, men normalt sett hade jag sagt att det var något större vilt. Men nu när vi är här och det redan hänt en del mystiska saker här runt omkring, så vet jag inte vad jag ska tro. Hur som helst så är det som sagt säkrast att vi tar på oss våra västar och är beredda, fortsatte Jesper och osäkrade sitt vapen.

- - - - -

-Hej sötnos, fick du sluta tidigare eller blev fikastunden

med Lisa inställd? frågade Ludvig när Ebba kom innanför dörren.

-Hej, härligt att ses igen! sade hon och gav honom en kram. Jag kom ifrån tidigare, så jag har hunnit träffa Lisa och hon hade en jättetrevlig sak att berätta! fortsatte hon.

-Jaså vad skoj, har hon vunnit en massa pengar, eller vad var det? undrade Ludvig nyfiket.

-Lisa och Scotten ska bli föräldrar, det är väl underbart! utbrast Ebba.

-Visst, det är ju jättehäftigt! Det kom förmodligen som en glad överraskning för Scotten! På tal om glada nyheter, så kan jag berätta att min syster Leila ska gifta sig vid nyår, sade han.

-Ojdå, vad det händer mycket nu! Om du fick välja, skulle du då helst skaffa barn, eller gifta dig först? frågade hon och tittade på Ludvig med allvarlig blick.

-Det är väl inte alltid det blir som man tänkt sig, och båda sakerna är ju riktiga milstolpar i livet. Men om jag fick välja så skulle jag nog helst gifta mig och köpa hus innan det blev dags för barn. Men så länge jag får leva med dig spelar det absolut ingen roll. Hur resonerar du? frågade Ludvig.

-Jag tror vi är rätt lika på den punkten, för jag vill nog helst göra likadant. Tycker du att vi ska gifta oss framåt försommaren när jag gått ut skolan? frågade Ebba och såg ner i golvet lite förläget.

-Det gör jag gärna! Vi har det förstås jättebra nu med, men kanske just därför så finns det ingen anledning att vänta, svarade han och kysste Ebba.

-Men jag vill inte att vi säger det till någon, utan det kan

195

de få veta när det kommer ett inbjudningskort i deras brevlådor, sade hon efter en stund.

-Låter som en bra idè. Jag har egentligen bara ett önskemål som jag kom att tänka på nu och det är att vi tar ditt efternamn, sade Ludvig bestämt.

-Jaha, så du vill heta Scott istället. För mig passar det fint, svarade Ebba och skrattade.

-Det här borde vi väl fira, men jag vet inte om vi har så mycket hemma precis, sade Ludvig lite bekymrat.

-Lisa och jag köpte varsin chokladkartong att ta med hem när vi fikat färdigt. Sätter du på kaffe så kan jag öppna den under tiden, föreslog Ebba och kysste Ludvig en gång till.

- - - - -

-Vi kan hålla tio meters lucka mellan oss när vi går, föreslog Jesper utan att förklara varför. Han ville inte säga det rent ut och han anade att Leila kanske redan visste, att det berodde på att de därmed skulle vara svårare att träffa i en eldskur.

-Okej, svarade hon så tyst att Jesper knappt hörde det, medan de smög fram på varsin sida om den lilla vägen som ledde till sommartorpet.

-Det här stället ligger ju fantastiskt fint. Trädgården är i söderläge från byggnaden och skogen mot norr, konstaterade hennes chef när de kommit fram.

-En stor nackdel får du ändå inse, är att det inte är mer än femtio meter till stambanan. Det är väl knappt lugnt här mer än högst två minuter i taget, svarade Leila medan ett godståg dundrade förbi.

-Ja, men är man tågälskare så är det nog så här man vill bo. Här verkar inte vara så mycket mer att se, så vi tar oss ner till spåret och går norrut på varsin sida, sade Jesper.

-Ja, det gör vi för jag känner att jag fryser om vi står stilla här längre, svarade Leila.

När hon gick över rälsen för att komma över till andra sidan, såg hon tydligt var jobbarbilen rullat upp på spåret och blivit stående. Från torpet var det en ganska rejäl backe som helt klart räckt för att få en bil att ta sig upp för den lilla slänten som utgjorde banvallen. Väl uppe på spåret, var det bara att konstatera att fordonet blivit stående med sidan mot ett annalkande tåg.

Leila fick en sådan kick av att befinna sig på platsen där de kanske snart skulle finna en förbrytare, levande eller död. Samtidigt som det var förfärande, så var det ju det här som hon egentligen ville syssla med. Drömmen om att få bli kriminalkommissarie hade hon haft så länge hon kunde minnas och med en osannolik tur kanske allt nu var inom räckhåll. Vad som drev henne visste hon inte riktigt, men i och med att det funnits så länge i tankarna, förstod hon att det var äkta. Att hon skulle få en så betydelsefull tjänst, visste hon egentligen att det var i det närmaste otänkbart med hennes begränsade erfarenhet. Leilas chef hade dock tänt en strimma hopp med sitt uttalande nyligen, då han sagt att hon hade goda förutsättningar för att bli det.

Leila tvingade sig att skingra sina drömmar och gick in för att på alla sätt försöka finna Assar, genom att undersöka varje möjligt gömställe där han kunde befinna sig. Med sitt pekfinger på avtryckaren smög hon fram och hade alla sina sinnen på spänn för att inte själv bli ett offer för en kula. För att försöka lyckas finna Assar,

197

sökte hon minutiöst av området som var cirka trettio meter ut ifrån spåret, vilket var den yta som hon teoretiskt sett ansåg var det längsta som något kunde skickats iväg av tåget, utan att träffa något träd eller dylikt.

På andra sidan spåret befann sig Jesper och sökte på samma sätt, för att om möjligt bespara sin kollega att hitta ett massakrerat lik. Därför hade han va t att gå på den sida där han befarade att det var mest troligt att de skulle finna något.

Hans resonemang byggde på att om jobbarbilen rullat bakåt upp på banvallen och sedermera spåret, så var det troligast att Assar slungats iväg på hans sida, om loket träffat fordonet mitt i sidan.

Plötsligt fick han syn på något som kunde vara en bit av en dörr som stack upp från en damm som låg intill banvallen.

-Jag tror jag har hittat något här, sade Jesper tyst på kommunikationsradion.

-Jag kommer direkt, svarade Leila med så neutral ton som hon kunde, för innerst inne var hon grymt besviken på att hennes chef funnit vad de sökte.

-Vad ser det där ut som? frågade Jesper och pekade, när hon kommit över till honom.

-Tja, enligt mig så ser det ut som en bildörr som kan härröra från Ludvigs jobbarbil, svarade Leila tämligen direkt.

-Det är ju bara själva tusan att den ligger mitt i dammen så vi inte kan kontrollera, svarade Jesper förargat.

-Vi får väl helt enkelt be räddningstjänsten åka ut och dyka där för att se efter. På ett sätt har ju våra farhågor besannats nu, för kan en dörr slungas hit, så kan ju mycket väl Assar hamnat där också, svarade Leila bekymrat.

-Det är precis vad jag tror med, men jag ville absolut höra din åsikt med för att inte dra några förhastade slutsatser. Ska man tänka fullt realistiskt, så är det inte alls otänkbart att Assar överlevt kollisionen om han landat i dammen tillsammans med dörren, fortsatte han och suckade tungt.

-Det har du nog jäkligt rätt i. För att få veta hur det verkligen ligger till, så måste vi ha hit dykare, svarade Leila.

-Frågan är bara om de kan komma med en gång, eller om de vill vänta tills imorgon, svarade Jesper medan han tog fram sin mobiltelefon.

- - - - -

Ludvig brukade inte ha speciellt svårt för att somna, men den här kvällen var ett undantag. Tankarna gick runt på allt som hänt den senaste tiden. Mycket var riktigt positivt, men helt klart så fanns det oklara saker som kunde sluta hur fel som helst och därmed mer eller mindre grusa hela hans tillvaro. Största problemet och frågetecknet hade under en längre tid varit Assar. När Ludvig fördjupade sina tankar kring honom, insåg han att aset mycket väl var kapabel att ställa till ett riktigt elände för dem än. Detta gällde faktiskt oavsett om Assar levde än eller om han, vilket var troligast, hade dödats av tåget. Dömdes Scotten och han för mord, så var allt kört. Han ville i sådana här lägen gärna peka ut en syndabock och med en gång kom tankarna upp på Scotten. Det var ju han som klantat till sig och tappat bort sin stilett, förmodligen i närheten av sommartorpet där de riggat för Assars död. Saken blev ännu värre av att Scotten bara en vecka tidigare erbjudit sig att dela syrrans äpple med stickvapnet. Även om det inte gick att hitta bindande fingeravtryck på den, så skulle Leila som var polis utan tvekan känna igen stiletten.

Efter en stund kom han dock fram till att det var fel att lägga skulden bara på Scotten, för det var ju han själv som insisterat på att vapnet skulle användas för att få loss isen i hinken.

-Har du fått mardrömmar för bröllopet redan, eller varför ser du så bekymrad ut? undrade Ebba när hon sett att Ludvig låg och grunnade på något.

-Nej, gifta sig med dig är det bästa som kan hända mig! Det jag funderar på, är varför det inte går att få veta vart Assar tagit vägen. Scotten och jag tipsade polisen om att vi sett hans skåpbil i utkanten av staden och därmed borde de väl hittat honom någonstans vid det här laget.

-Men vad jag förstod av det som stod i tidningen, så var det väl förmodligen Assar som stal din jobbarbil. Fordonet som tåget demolerade fullständigt var ju TV-firmans, så då borde väl Assar omkommit i den, svarade Ebba undrande.

-Jo, jag har också tytt det så i media, men det är bara så förbaskat konstigt att inte polisen går ut med att de hittat någon kropp än, sade han med en bekymrad min.

-Det är väl inte värre än att du får kontakta Leila och fråga henne rent ut. Polisen måste ju förstå att det är viktigt för oss att få veta, för Assar har ju försökt att ta livet av din bäste kamrat och min bror, fortsatte hon.

-Jo, du har rätt, så jag får väl göra det, svarade Ludvig,

men visste att det var ett förslag som han inte tänkte fullfölja. Inom sig var han grymt orolig för att en sådan fråga från honom direkt skulle väcka misstankar hos Leila, att Scotten och han låg bakom Assars försvinnande.

-Nu får du försöka sluta snurra runt i sängen hela tiden, för jag känner att jag behöver sova. Förresten, det kanske är något mer som tynger dig? frågade hon.

-Tja, det skulle väl vara att jag är orolig för att jag inte kommer in på polisskolan. Visserligen gjorde du ju ett superjobb med mitt cv, men mina betyg från skolan är knappast lysande.

-Jag tror säkert att du blir antagen, men skulle du inte bli det så är det bara till att söka in på nästa kurs. Ansökningstiden har ju precis gått ut, så det tar förstås lite tid för dem att gå igenom alla som sökt in, fortsatte Ebba.

-Ja, det stämmer säkert, svarade Ludvig och styrde över tankarna på att Scotten snart skulle bli pappa. Det hela kändes så overkligt på något sätt, just att han och Lisa skulle bli föräldrar. Att Scottens liv skulle komma att förändras fullständigt var givet, men han hoppades att de fortfarande skulle hålla lika tät kontakt med varandra. Att Ebba och han själv skulle skaffa barn snart tyckte han kändes lite för tidigt. Först ville han absolut ha sin polisutbildning klar och gärna någon annanstans att bo, än i den lilla tvåan de hade nu. Innan Ludvig några minuter senare somnade, försökte han vänja sig vid att snart heta Scott i efternamn.

- - - - -

Kapitel 21

-Typiskt, det var som jag anade. De hade ingen dykare tillgänglig idag om det inte rörde sig om livräddning, för då kunde de ringa in en, sade hennes chef när han avslutat telefonsamtalet.

-Jaha, då är det väl bara för oss att bege oss tillbaka till polisstationen. Egentligen måste vi väl vara med här imorgon så fort dykaren kommer hit? undrade Leila.

-Ja, vi får låta rikskrimmarna jobba lite själva, så åker vi ut hit direkt. Du kan hämta upp mig klockan åtta hemma hos mig, så blir det smidigast, sade Jesper.

-Det är inga problem så det kan jag ordna, svarade Leila när de började gå tillbaka till bilen.

-Jag har rekommenderat dig att bli kommissarie för Polisstyrelsen i Stockholm. Du har gjort så stora insatser sedan du började jobba här, så nu ska jag säga min personliga uppfattning. Faktum är att det finns många inom yrkeskåren som inte presterar till närmelsevis så mycket under hela sitt arbetsliv som du gjort hittills, fortsatte Jesper.

-Det var snällt sagt men som du kanske märkt, så är jag inte bra på att ta emot positiv kritik, svarade hon och tittade ner i marken.

-Glöm det där att det är snällt sagt av mig, för du är ytterst kompetent och kommer att bli en lysande kommissarie. Jag säger vad jag tycker och menar, det vet du vid det här laget. Jag kan inte tänka mig en bättre kollega än dig och jag känner mig oerhört trygg med att ha dig som arbetskamrat, sade han.

-Du får förlåta om jag blir rörd av det du säger, men det

kanske beror på att jag aldrig fått så vidare mycket uppmuntran, för att jag gjort något bra tidigare i livet. Sedan är det ju fantastiskt av dig att rekommendera mig att bli kommissarie, tror du verkligen att det är möjligt? frågade hon samtidigt som hon började gråta.

-Det är högste chefen som jag är riktigt god vän med som jag kontaktat. Det jag säger till honom, så kan du räkna med att det blir, fortsatte hennes chef.

När de kom fram till bilen som var inbackad i gläntan, hade solen för länge sedan gått ner så pass att träden tog det mesta ljuset från den. Under den korta hemresan sade de inte något till varandra, utan båda satt i sina egna tankar.

-Är du snäll och släpper mig vid bostaden? undrade Jesper när de kom in i Nyköping.

-Det är klart och så hämtar jag dig vid åtta imorgon som sagt, svarade Leila.

-I natt får du drömma om tjänsten som kommissarie, sade han när hon stannade utanför hans adress.

-Klart att jag ska, tack för idag och hälsa in till Britta, svarade Leila innan han klev ut.

Till svar fick hon ett brett leende.

Leila grämde sig för att de inte fått svar på om det bara var en bildörr som låg i dammen, eller om Assar fanns där med. Helst ville hon krävt att det dragits på med dykare direkt för att bringa klarhet. På samma gång förstod hon att det eventuella liket som fanns där, inte skulle flytta på sig under natten. Men just att vänta i över ett halvt dygn i ovisshet, var inget för henne. När hon ställt ifrån sig bilen på jobbet och cyklat hem, blev hon påmind om att Petter arbetade kväll, för det var mörkt i deras lägenhet. Vid letandet efter Assar hade hon blivit blöt om sina fötter, vilket ofta var en utlösande faktor för att sedermera bli sjuk. Leila hade hört hundra gånger att det måste till ett virus för det, men i hennes fall brukade en förkylning komma som på posten i sådana här lägen. För att motverka något sådant, tog hon en lång varm dusch och drack en kopp honungsvatten innan hon gick till sängs.

När hon sovit en stund, hörde hon Petter komma hem, men var för trött för att säga något. Snart somnade hon om och vaknade inte förrän väckarklockan ringde klockan sex morgonen därpå.

Genast svalde hon några gånger för att känna om halsen protesterade, men till sin glädje verkade allt normalt. Efter frukost och sedvanliga morgonbestyr, satte sig Leila på cykeln för att hämta bilen igen. När hon var framme vid cykelstället på jobbet, såg hon Lisbeth på avstånd med en krycka i ena handen, gå in till stationen. Med några raska kliv rusade Leila ifatt henne för att höra hur allt stod till. Till svar fick Leila, att foten var stukad men att det gick bra att jobba om hon inte belastade den för mycket. Lisbeth lovade att höra av sig direkt om hon fann någon kropp i bilvraket, men upplyste om att hon inte visste hur lång tid det skulle ta. Leila tackade för upplysningen och hoppades att Lisbeth snabbt skulle bli återställd, innan hon tog bilnycklarna och gick ut. En snabb koll på klockan sade att det var precis lagom att åka till Jesper, för att vara där till klockan åtta.

Hennes chef var en person som alltid ville passa tider, så det förvånade henne rejält att det dröjde en kvart innan han kom ut från bostaden. Med en kraftig spark såg hon hur han kickade igen ytterdörren, innan han högröd i ansiktet kom emot henne.

-Kör direkt, jag är inte på humör för att mingla idag, fräste Jesper när han satt sig.

-Visst, det ska jag göra, svarade Leila och drog iväg. Ett tag tänkte hon sagt godmorgon till honom, men insåg snabbt att det absolut var tvärtom just nu och därför helt fel tillfälle.

Leila parkerade på samma ställe som tidigare, vilket medförde att de fick gå sista biten till sommartorpet.

-Du får ursäkta mitt beteende, men Britta och jag har haft ett samtal i morse som jag aldrig kommer glömma, sade Jesper medan de gick.

-Okej, vill du prata om det så lyssnar jag, men det är förstås upp till dig. Jag träffade förresten Lisbeth på stationen och hon skulle ge sig på bilvraket direkt, för att se om där fanns någon kropp, svarade Leila.

-Det är ju bra, skönt att hon redan är tillbaka efter skadan.

-Tusan också, här står visst dykarna redan och väntar, sade hon när de nästan var framme vid torpet.

-Jaha, men jag tror inte de hunnit vänta på oss precis. Du ser väl att de lyckats köra fast båda sina fordon när de försökt vända, svarade hennes chef medan han log lite för första gången under morgonen.

-Ja, det ser jag nu, de behöver förmodligen hjälp för att komma loss, spekulerade hon.

-Ja, men inte av oss och inte just nu, för nu ska vi skicka ner dem i dammen, svarade Jesper bestämt och gick fram till dem.

Först plockade dykarna upp dörren så att den skulle kunna tas med till stationen, för att undersökas ordentligt. Det måste definitivt fastställas om den tillhörde fordonet som blivit rammat eller om den kanske legat där längre, förklarade han.

Samtidigt som dykarna gick i dammen igen för att leta efter Assar, så fick Jesper ett textmeddelande.

"Jag har hittat en sönderbränd kropp i bilvraket och håller på att fastställa identiteten. Stämmer DNA med de ifrån kofoten och fingeravtrycken ni tog, så har vi en matchning. Hör av mig när jag vet. / Lisbeth" stod det.

-Ska vi meddela dykarna att de kan avsluta sökandet? frågade Leila när hon fått läsa meddelandet.

-Nej, de kan få göra skäl för sin lön. Vi vet ju faktiskt inte om de var två i jobbarbilen, svarade Jesper.

-Nej, egentligen inte, men vem skulle den andre vara i så fall? undrade hon.

-Om vi låter dem undersöka dammen noggrant, så kan vi ju utesluta att det var mer än en person i fordonet, förklarade han. Det är lika bra de får göra det grundligt när de ändå är här, fortsatte han.

-Ska vi avvakta tills de är klara, eller tycker du att vi ska dra oss in till stationen? undrade Leila som börjat frysa lite för att hon stått stilla ett tag.

-De är säkert klara om en halvtimme, så jag tycker vi väntar med att åka. Om du fryser kan vi kolla av banvallen och området trettio meter utåt sidorna vidare norrut, föreslog Jesper.

-Ja, det kan vi göra. Ska vi ta östra sidan först och den andra när vi går tillbaka? frågade hon.

-Ja visst, det går fint så kan jag passa på att förklara

varför jag blev helt ursinnig imorse, svarade Jesper medan han sökte ögonkontakt med henne.

Till svar fick han en nick av Leila att det var helt okej.

Jo, du förstår, ibland ändrar sig livet totalt på bara några sekunder. Vi har levt tillsammans i tjugosex år nu och aldrig ljugit för varandra. Men i morse vid frukostbordet sade Britta till mig, att det var hon själv som talat om för rånarligan när det fanns mycket kontanter i uttagsautomaten! Min fru Britta av alla människor på jorden! Visserligen hade hon blivit hotad till livet om hon berättade för någon om det här, men hon kunde väl talat om det för mig, för jag är ju ändå hennes man och dessutom poliskommissarie! Folk kommer ju kräva att jag avskedas bara för att jag har en fru som läckt som ett såll! Ärligt talat vet jag inte om jag någonsin kan lita på henne igen, sade Jesper med glansiga ögon.

-Men vänta lite nu, sade du att hon blivit hotad till livet, på vilket sätt då? frågade Leila.

-En av gärningsmännen har tydligen gått till hennes kassa och visat att han haft något slags skjutvapen i sin innerficka. När Britta fick syn på den blev hon livrädd och gjorde precis som han begärde, förklarade hennes chef.

-Jag vet inte om jag begår tjänstefel nu, men låt mig förklara hur jag tänker. Britta hade väl aldrig kommit på tanken att göra det här om hon inte blivit dödshotad. Det finns ingen som kan anklaga henne för att hon betett sig felaktigt, när hon gav gärningsmannen de uppgifterna han ville ha, berättade Leila.

-Jag hör vad du säger, men hela rättsväsendet och media kommer ju fullkomligt att mosa mig när det här uppdagas, svarade hennes chef hysteriskt.

-Jag tänker så här, att varför i hela fridens namn måste det här egentligen komma fram? Jag menar, samtliga rånare är gripna och alla sedlar är hittade. Som jag ser det så finns det absolut ingen anledning till att vi säger ett ord om det här till någon. Inom en ganska snar framtid kommer förmodligen funderingarna om hur rånarna kunde veta när automaten var påfylld, rinna ut i sanden, för det är totalt oväsentligt. Ingen kan ju förneka att de som rånar gång på gång faktiskt kan ha turen med sig och göra det när det finns extra mycket kontanter att stjäla, sade Leila.

-Så du menar att jag utan vidare skall förlåta Britta och låta livet gå vidare? frågade han.

-Om jag får säga vad jag tycker, så skulle jag inte nöja mig med det. Britta är värd en ordentlig ursäkt av dig för att du reagerade som du gjorde. På något sätt som du bör tänka ut själv, borde du istället visa din uppskattning till henne för att hon berättade allt för dig nu. Tänk dig själv, hon var hotad av ett skjutvapen och var livrädd för att bli dödad om hon läckte till någon, förklarade Leila.

-Men hur är det med dig, kan du leva vidare som polis med gott samvete och samtidigt hålla mig om ryggen och inte prata vidare om det du just fått veta? frågade Jesper och tittade allvarligt på henne.

-När jag ser till helheten så har jag inga problem med det. Skulle det här exempelvis gå till domstol, så är jag säker på att en bra advokat utan större ansträngning borde få henne helt frikänd just för att hon blivit dödshotad. Det finns ingen anledning alls att driva det dit, utan min åsikt är att vi sopar det här under mattan och går vidare, förklarade hon.

-Jag känner mig så oerhört lättad inombords efter vad du sagt till mig nu. De här tankarna hade jag inte alls när jag gick hemifrån imorse, sade Jesper och skrattade lite.

-Är Britta på jobbet nu eller vet du inte det? undrade Leila.

-Jag är tämligen säker på att hon sade att hon tänkte sjukskriva sig idag, så förmodligen är hon hemma, svarade hennes chef och höjde sina ögonbryn.

-Då tycker jag att vi gör som så om du inte kommer på något bra själv, att när vi kommer in till stan så kan du ta kompensationsledigt. Jag kan släppa av dig i centrum, så kan du köpa ett fång rosor till henne och en god tårta. Sedan går du hem till henne och erkänner att du tänkte med arselet i morse, sade Leila samtidigt som hon kom på att liknelsen nog var i grövsta laget.

-Haha, ja det är ingen dum idè, jag ska nog göra som du säger. Det där sista du sade var väl magstarkt, men jag låter det gå för den här gången. Det gör jag inte för att vara snäll, utan beroende på att det faktiskt var sant, svarade hennes chef och garvade så att det kluckade.

När de gick tillbaka på västra sidan om järnvägen, var dykarna färdiga med genomsökandet. Det hade visat sig att där inte låg någon kropp från tågolyckan. Leila och Jesper hjälpte till att bära tillbaka en del av utrustningen som behövts vid kontrollen av dammen, för de skulle ju ändå gå åt samma håll. Vid torpet hade en bärgningsbil just dragit loss fordonen som kört fast och därmed förstört i stort sett hela gräsmattan.

-Vi går väl till vår bil då, föreslog Leila och lade ifrån sig en syrgastub på marken.

-Ja, det gör vi, svarade hennes chef och böjde sig ner för att knyta om skosnöret.

Under tiden han gjorde det, passade Leila på att se sig omkring lite.

Då så, då är jag färdig så vi kan gå till gläntan där du parkerade, fortsatte Jesper när han var klar.

-Nu fick du visst ett meddelande, förhoppningsvis är det från teknikerna, sade hon.

-Du hade rätt och nu är det bekräftat att kroppen i bilvraket, är samma person som hållit i kofoten och även lämnat en massa fingeravtryck i skåpbilen, som vi hittade i utkanten av Nyköping. Till på köpet satt det en silverkedja runt halsen där det stod "Assar", berättade Jesper.

-Jaha, det var väl en riktigt bra avslutning på arbetsveckan, svarade Leila och skrattade.

-För mig ja, för jag tar ut kompledigt från klockan elva idag. Du däremot har ju arbetstid till arton i kväll, så det dröjer tills du får ta fritt för helgen, svarade hennes chef och garvade.

- - - - -

Kapitel 22

Allt eftersom tiden gick, ansåg Scotten att risken för att de skulle sammankopplas med Assars död minskade. Det var nu fredag efter lunch och det hade gått över ett och ett halvt dygn sedan Ludvig och han placerade Assar i bilen, som rullade ner på spåret. Dessutom gick det inte att komma ifrån att de hade ett väldigt bra alibi för tillfället. Varje liten misstanke att de var inblandade, föll som ett korthus tack vare det.

Den glada överraskningen att han skulle bli pappa snart hade Lisa och han firat med en stor chokladkartong, vilket var trevligt. Scotten kände dock att det var läge för att festa till det lite extra nu när det var fredag. Dels för det väntade barnet, men även att Assar var borta för evigt. Att han var omkommen hade bekräftats i nätnyheterna som han skummat igenom vid lunch. Först tänkte han köpt hem räkor och vitt vin, men kom snabbt på att det var högst olämpligt för Lisa att dricka alkohol när hon var gravid. Vad det skulle bli istället visste han inte riktigt, men han bestämde sig för att ta sig till centrum så fort han slutade jobba. Ett tag tänkte han föreslå att Ludvig och syrran också skulle vara med, men efter lite funderande kom Scotten fram till att det nog var skönast om Lisa och han fick vara ensamma. Scotten gladdes åt de nya hörselsnäckorna som följt med vid senaste mobiltelefonköpet han gjort. Bossen hade sagt att det var okej att nyttja dem, om de användes med förnuft. Att jobba samtidigt som han kunde lyssna på sin favoritmusik, gjorde att tiden på arbetet gick grymt fort. Vid eftermiddagsfikat frågade en jobbarkompis varför han såg så glad ut. Först tänkte han säga att han snart skulle bli pappa, men hejdade sig i sista stund. Lisa och han hade i och för sig inte lovat varandra att inte säga det till någon, men Scotten ansåg att det gärna fick dröja tills det bara var någon månad kvar. Svaret på kompisens fråga, blev istället att det ju var en lång skön helg på gång och att det var den han såg fram emot.

Scotten tittade på väggklockan i fikarummet och såg att rasten var slut. Om en timme och en kvart slutade han jobba, men redan nu såg han fram emot en trevlig helg med Lisa.

- - - - -

-När Leila släppt av sin chef, fortsatte hon bort till polisstationen. Där höll krimmarna redan på att packa ihop sina grejer för att försöka komma iväg till Stockholm lite tidigare än planerat. De frågade henne om hur sökandet gått, angående en möjlig källa som läckt uppgifter till rånarna. Leila svarade att de uppgifter som hittills framkommit, mest tytt på att det var ren tillfällighet att de slagit till när där fanns fullt med kontanter. Hon tillade att de även samtidigt haft en grov brottsling att följa upp, men att denne nu anträffats död. Eftersom han inte var i livet längre, så fanns det resurser att avsätta för en grundligare sökning efter en insider, fortsatte hon. Leila hoppades att hon inte med sin blicks placering avslöjade att hon inte talat sanning. Som väl var märkte hon att de knappt lyssnade på henne, utan var mer intresserade av en sändning från radiosporten som just börjat. Obemärkt gick hon in på sitt kontor för att göra lite nytta, genom att skriva en rapport innan det var dags för mat. Samtidigt gled tankarna iväg på att det snart skulle stå "Kommissarie Leila Sandh" på hennes dörr. Inom sig myste hon åt det och njöt även av att det inom kort skulle bli dags för henne att gå hem också.

Plötsligt fick hon en förnimmelse till att hon sett något, men ändå inte reflekterat över det. När Jesper knutit om sin sko, hade hon sett något som glänste till under lite ogräs vid sommartorpet. Med stor sannolikhet var det inget speciellt, men på samma gång kunde hon inte bara släppa det och gå vidare. Direkt efter att jag ätit, måste jag åka ut dit för att undersöka det närmare, tänkte hon medan hon tog fram sin matlåda som egentligen varit avsedd för gårdagen. På ett sätt var det bra att Jesper tagit ledigt resten av dagen, för annars hade vi säkert gått ut och ätit som vi brukar göra på fredagar, spekulerade Leila för sig själv. Hade det varit så, hade hon fått slänga maten som lämnat frysen igår morse, för längre hade den inte klarat sig. Innehållet hon precis satt in i mikrovågsugnen skulle säkert inte falla alla i smaken, men för henne spelade det mindre roll vad det var. Huvudsaken är att man blir riktigt mätt, tänkte hon medan hon kände efter med en gaffel om korvgrytan var genomvarm.

Trots att det var en kvart kvar på lunchrasten, tog hon nycklarna till bilen och begav sig iväg. Ett tag tänkte hon vända, för att det troligen skulle visa sig vara helt meningslöst att åka dit och se efter vad det var som hon sett. Faktum talade ju för att det mycket väl kunde vara något skräp som dykarna slängt där när de kört fast, eller kanske något kvarglömt av torpägarna i höstas. Något inom henne sade dock att hon borde fortsätta dit hon var på väg. Var det något helt oväsentligt hon fann, så var det ju faktiskt ingen skada skedd för det, resonerade Leila.

När hon kom fram till gläntan, parkerade Leila genom att backa in som tidigare. Luften var klar och kylig som den bara kan vara på hösten i Sverige. Genom att andas riktigt långa och djupa andetag när hon börjat gå, tyckte hon sig känna hur väl syresättningen ökade i blodet. Det var som om hjärnan fick en kick av en perfekt drog utan biverkningar. På samma gång var väderleken förrädisk, för det var just den här höga luftfuktigheten som jämt bidrog till att hon blev förkyld så här års. Började det med snuva, så var det oftast något som gick att motverka med ett par magnecyl. Däremot om halsen protesterade och värkte, då var det bara att förbereda sig på att vara krasslig i fjorton dagar framöver.

Leila log lite åt sina knasiga tankar, men tvingade bort dem när hon kom fram till torpet.

Direkt gick hon fram till platsen där hon sett något och böjde sig ner för att se bättre. Ur sin ena ficka plockade hon fram en påse att ta föremålet i, för att inte förstöra några fingeravtryck. Även ett par tunna handskar tog hon på sig, innan hon försiktigt frilade föremålet genom att vika undan växtligheten runt omkring.

Pulsen steg och hon kände hjärtats hårda slag när hon såg vad hon hittat!

Ögonblickligen såg Leila att det var en stilett! Med en gång förstod hon att det inte var första gången just den här hamnade i hennes synfält, för hon kände igen den! Med skakiga händer tog hon upp den och konstaterade att det utan tvekan var stickvapnet som Scotten delat hennes äpple med, en vecka tidigare. Eftersom knivseggen var utfälld, såg hon att det inte fanns något blod på den, i alla fall inget som var synligt. Försiktigt lade hon stiletten i plastpåsen hon haft med sig.

I hennes huvud snurrade det och hon kände att hon inte riktigt kunde dra några solklara slutsatser. För det första undrade hon om det fanns en naturlig förklaring till varför kniven låg just här, men lyckades inte komma på någon. Det mest troliga var, att Scotten och hennes bror var inblandade i Assars död.

Visserligen hade Jesper snackat med dem inne i stan den kvällen, då de uppgett att de skulle spela biljard, men för Leila räckte inte det till som ett fullgott alibi. Även om de befunnit sig i spelhallen hela natten, så visste hon att Ludvig oftast var riktigt smart och förmodligen ordnat så att de var långt från olycksplatsen när Assar mosades av tåget. Hur det gått till var för Leila ganska oväsentligt, det viktigaste för henne var att hon visste att han var kapabel till det.

På samma gång gick det inte att komma ifrån, att de gjort samhället en riktigt stor tjänst när de fimpat Assar. Typen hade aldrig presterat något bra, utan från det han var liten hade han bara ställt till med djävulskap för alla som befunnit sig i hans närhet. Sannolikheten för att Assar självmant skulle ändrat sig i framtiden, såg Leila som obefintlig.

Snabbt försökte hon fundera på om det var möjligt för en åklagare att få till en fällande dom mot dem hon misstänkte. Det faktum att de förmodligen hade ett hållbart alibi och att stiletten saknade offrets blod på sig, var besvärande. Var dessutom stickvapnet befriat från fingeravtryck, fanns det inte mycket som band killarna till mordet. Att de uttryckligen sagt att de känt sig hotade av Assar och därmed tyckte illa om honom, var otillräckligt.

Ett problem till som förmodligen skulle framhävas av en advokat, var att det hittats sprutor och kanyler i Assars skåpbil. Detta gjorde det fullt troligt att han av hittills okänd anledning tagit en överdos och då var det istället ett solklart självmord som begåtts.

För Leila gick det inte heller att bortse från att just Scotten bara för en vecka sedan räddat livet på henne. Hade han inte lyckats få bort äppelbiten i hennes hals, så hade hon definitivt varit död bara några minuter efter att det hänt.

Hon vägde alla detaljer mot varandra och försökte dra rätt slutsatser. Redan tidigare under dagen hade hon begått ett grovt brott, när hon lovat att inte föra Brittas bekännelse vidare.

Leila visste mycket väl, att inte ens som polis eller kommissarie hade man någon rätt att bry sig om förmildrande omständigheter, för det var upp till en domstol att fatta sådana beslut.

En stund senare gick hon till bilen för att åka tillbaka mot stan. När Leila kört en bit, bestämde hon sig för hur hon skulle göra.

- - - - -

Precis när Scotten slutat jobba och tagit av sig sin arbetsoverall, ringde hans mobiltelefon. Med viss förvåning såg han att det var Lisa, innan han svarade.

-Hej älskling, jag har just slutat, så tänkte åka och handla lite gott till kvällen, sade han.

-Hej, vad kul att du funderat på samma sak! Jag får ju

egentligen inte ringa nu, men jag ville kolla om du kunde köpa något speciellt. Vad är du sugen på? undrade Lisa.

-Tja, eftersom du inte gillar mat som steks så blir det ju lite begränsat, men jag kan tänka mig någonting med räkor och vitt vin. Problemet är förstås att du inte ska dricka alkohol nu när du är gravid, spekulerade Scotten.

-Det låter som en bra idé, så det vill jag att du ordnar. Köp en flaska alkoholfritt vin till mig, så har vi löst det, föreslog Lisa innan hon hastigt blev tvungen att avbryta samtalet.

-Fixar det, svarade Scotten och hoppades att hon hann höra det.

Efter en snabb dusch på jobbet, drog han på sig sina egna kläder. En del av hans kamrater åkte i sina arbetskläder till och från jobbet, men det var något som Scotten aldrig kunde tänka sig. Den hemska lukten av metallspån och mekanisk verkstad, var inget han ville känna av i Lisas och hans lägenhet.

Redan efter ett par tramptag på cykeln, påmindes han av att det behövde fyllas på luft i bakhjulet. Han hade märkt det redan under morgonen, men glömt bort det. Som tur var jobbade några killar över och bakdörren var upplåst, så han kunde få det åtgärdat med en gång. På väg in mot centrum, försökte han göra en kom ihåg lista i huvudet på vad som skulle inhandlas. Om det fanns majonäs och dill hemma, visste han inte, så det var lika bra att köpa med det också.

Efter lite velande beslöt han sig för att ta mataffären före systembolaget, för att slippa låsa in vinflaskorna när han handlade. Allt flöt på bra och han trodde att han fått med sig allt i varukorgen. För att vara på säkra sidan stannade han till en stund innan kassan och gick i lugn och ro igenom allt som kunde behövas, men kom inte på att han missat något.

På Systembolaget var det mycket folk, men tack vare att alla kassor var öppna så gick det förhållandevis snabbt. Scotten kände sig för första gången på länge, riktigt lycklig och kom på sig själv med att han gick och log med hela ansiktet. Det sista han införskaffade innan han skulle cykla hem, var en bukett röda rosor som han köpte i en blomsteraffär alldeles bredvid bolaget.

- - - - -

Först lite före sjutton var Leila tillbaka på sitt kontor. Hon hade bestämt sig för hur hon skulle gå till väga, men kände att hon ostört ville fundera ut några detaljer kring det hela. Tyvärr hade en städfirma börjat stimma så förbaskat på stationen, att hon inte fick ro att tänka. Som lösning på problemet bestämde sig Leila för att gå ut en sväng och visa sig lite i centrum. Detta hade högste polischefen sagt till de anställda att göra, för att komma närmare allmänheten och på så sätt bli mer accepterade av dem.

Bara efter några minuters promenad kände Leila att hon för ovanlighetens skull klätt på sig precis lagom mycket kläder, för hon varken frös eller blev för varm. Särskilt tackade hon sig själv för att halsduken var på plats och inte blivit hängande kvar på kontoret.

När hon kom in i de centrala delarna, märkte hon att det var betydligt mer människor på gång än vanligt. Den enkla förklaringen var säkert att det var fredag eftermiddag och därmed ville de som kunde gärna köpa något extra till helgen, spekulerade hon för sig själv.

Plötsligt hörde Leila att hon fick ett textmeddelande på sin jobbtelefon och stannade för att kunna läsa det.

"Hej! Tack för hjälpen idag! Britta och jag har snackats vid och nu är allt toppen mellan oss igen! Ikväll ska vi gå ut och äta och kanske se en film. Trevlig helg på dig Leila, hälsningar från Jesper" stod det.

Precis när Leila börjat skriva ett svar fick hon en klapp på sin axel.

-Hej, är det inte Ludvigs syrra som är ute och flanerar? Har du återhämtat dig från min brutala livräddning eller fick du några revben brutna? undrade Scotten och log lite osäkert.

-Jo, visst är det jag. Några men från dess har jag inte, men det är inte utan att jag numer tänker på att tugga sönder särskilt äpplen mer, innan jag sväljer. Du ska ha stort tack än en gång för att du räddade livet på mig! Jag tror inte det finns många personer som så snabbt hade uppfattat att jag höll på att kvävas, svarade Leila medan hon skickade iväg en glad smilies till sin chef.

-Tja, vem vet, du kanske hade hostat upp äppelbiten sekunderna senare och allt hade gått bra ändå. Jag är säker på att du gör likadant för mig om jag behöver hjälp någon gång, svarade Scotten.

-Absolut är det min skyldighet att rädda liv om jag kan och det gäller inte bara när jag är i tjänst. Jag har alltid velat gottgöra människor som stöttat mig på olika sätt och aldrig tyckt om att stå i skuld till någon, fortsatte Leila och spände ögonen i honom.

-Nej, den inställningen har jag inte fått av dig, att du vill något annat alltså. Men du får förklara vart du egentligen vill komma för det förstår jag inte riktigt, svarade han.

-Jag stoppar en påse som innehåller något i din jackficka nu. Plocka inte upp och kolla vad det är för något här, för det finns övervakningskameror lite varstans i centrum. Jag hittade föremålet som jag vet tillhör dig på en brottsplats tidigare idag, sade Leila medan hon stängde fickan.

-Jag vet inte vad jag ska säga, stammade Scotten fram.

-Då tycker jag att vi glömmer det här och så hoppas jag att föremålet försvinner för gott nu, svarade Leila och började gå därifrån.

Inom sig kände Leila att hon både gjort rätt och fel på samma gång. Om hon någonsin skulle få klarhet i det var högst osäkert, det insåg hon själv. Något mer komplext trodde Leila knappt kunde hända i framtiden heller.

På väg tillbaka till polisstationen beslöt hon sig för att aldrig säga ett ord till någon om stiletten hon hittat. När Leila gått en bit, började hon tänka på vigseln med Petter vid nyår på Teneriffa. Allt kändes så perfekt för tillfället, att hon bara njöt av livet.

- - - - -

Scotten stod kvar på samma plats helt förstummad. Hans hjärna var nära kokpunkten av allt som rörde sig där nu. Hans värsta mardröm hade förverkligats, att just en polis skulle hitta hans stilett på mordplatsen!

Som genom ett under hade Leila gjort honom världens gentjänst. När han insåg det, skrattade han och gick hem och förberedde en härlig kväll med räkor, vin och världens bästa flickvän, Lisa!

Efterord

"SCOTTEN GENTJÄNSTEN" är sista boken om Oskar "Scotten" Scott.
I den första ; "SCOTTEN AKTERSEGLAD" följer vi honom från en tid i fängelse och vidare när han kommer ut i frihet, hela tiden på gränsen till att åka in igen.
Del två; "SCOTTEN DEN VITA LÖGNEN" beskriver hur lätt det mesta kan gå fel, trots att ambitionen verkligen är att göra allting rätt. Även i sista boken håller det på att gå riktigt illa men då för Leila, när hon sätter en äppelbit i halsen.
Något som för övrigt inträffade i verkligheten sommaren 2015, när en kvinna gjorde samma sak på en buss i Stockholm. Med hjälp av just Heimlich manöver fick jag loss äppelbiten på andra försöket, så att hon fick fria luftvägar igen.

I den sista boken i trilogin får vi följa Scotten, då han med hjälp av sin bäste vän genomför det perfekta brottet. Frågan är om det är fulländat, bara för att man inte grips och fälls för det?
Kan man själv någonsin komma över att man dödat en människa, även om man går fri?
Är det lättare att ta livet av någon om man begått samma gärning tidigare?

Besök gärna min hemsida;
www.forfattarematsgustafsson.wordpress.com